光文社文庫

文庫書下ろし／長編時代小説

内憂

惣目付臨検仕《つかまつ》る(四)

上田秀人

JN030491

光 文 社

この作品は光文社文庫のために書下ろされました。

目次

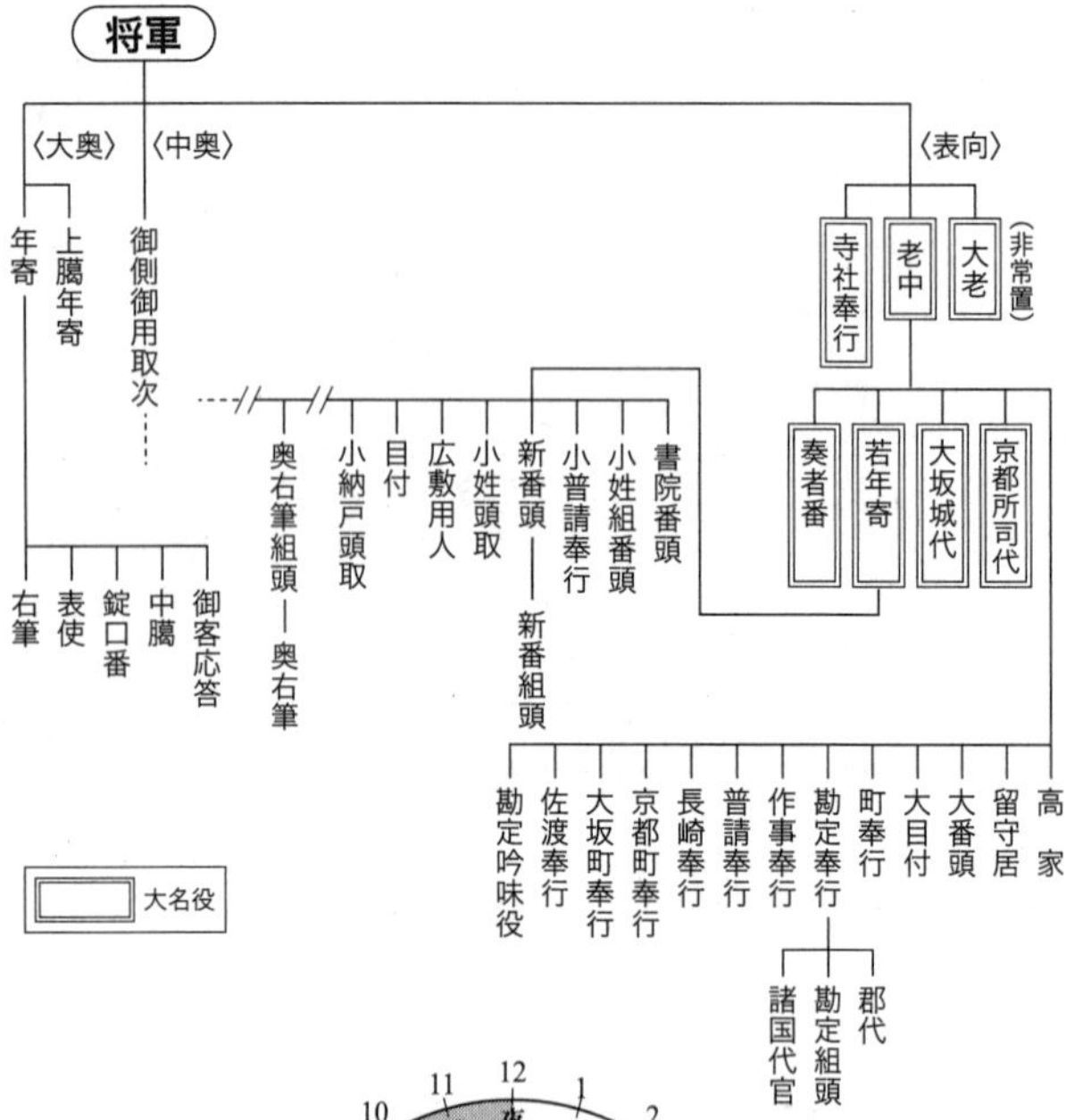

将軍
〈大奥〉
〈中奥〉
〈表向〉
年寄
上臈年寄
御側御用取次
寺社奉行
老中
大老
（非常置）
奏者番
若年寄
大坂城代
京都所司代
奥右筆組頭
奥右筆
小納戸頭取
目付
広敷用人
小姓頭取
新番頭
新番組頭
小普請奉行
小姓組番頭
書院番頭
右筆
表使
錠口番
中臈
御客応答
勘定吟味役
佐渡奉行
大坂町奉行
京都町奉行
長崎奉行
普請奉行
作事奉行
勘定奉行
町奉行
大目付
大番頭
留守居
高家
諸国代官
勘定組頭
郡代
大名役

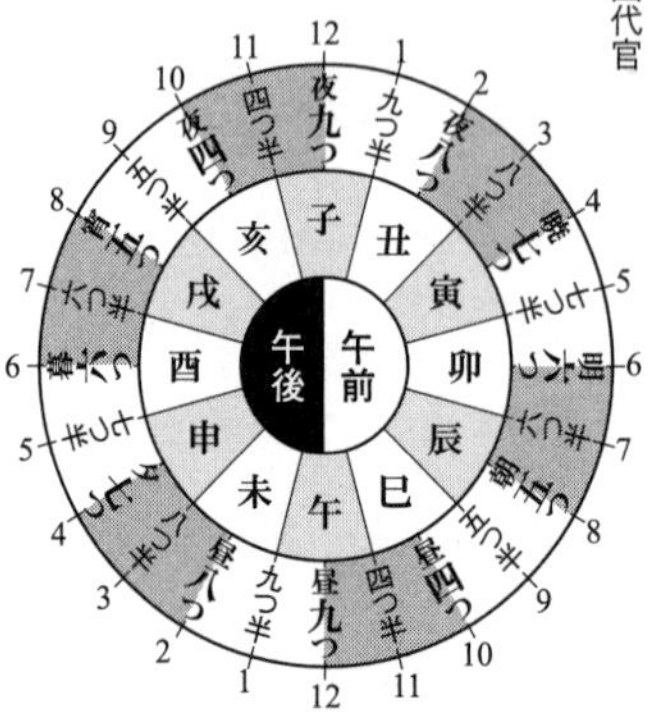

午前
午後
子
丑
寅
卯
辰
巳
午
未
申
酉
戌
亥
夜九つ
九つ半
夜八つ
八つ半
暁七つ
七つ半
明六つ
六つ半
朝五つ
五つ半
昼四つ
四つ半
昼九つ
九つ半
昼八つ
八つ半
夕七つ
七つ半
暮六つ
六つ半
宵五つ
五つ半
夜四つ
四つ半

江戸の時刻（外の数字は現在の時刻）

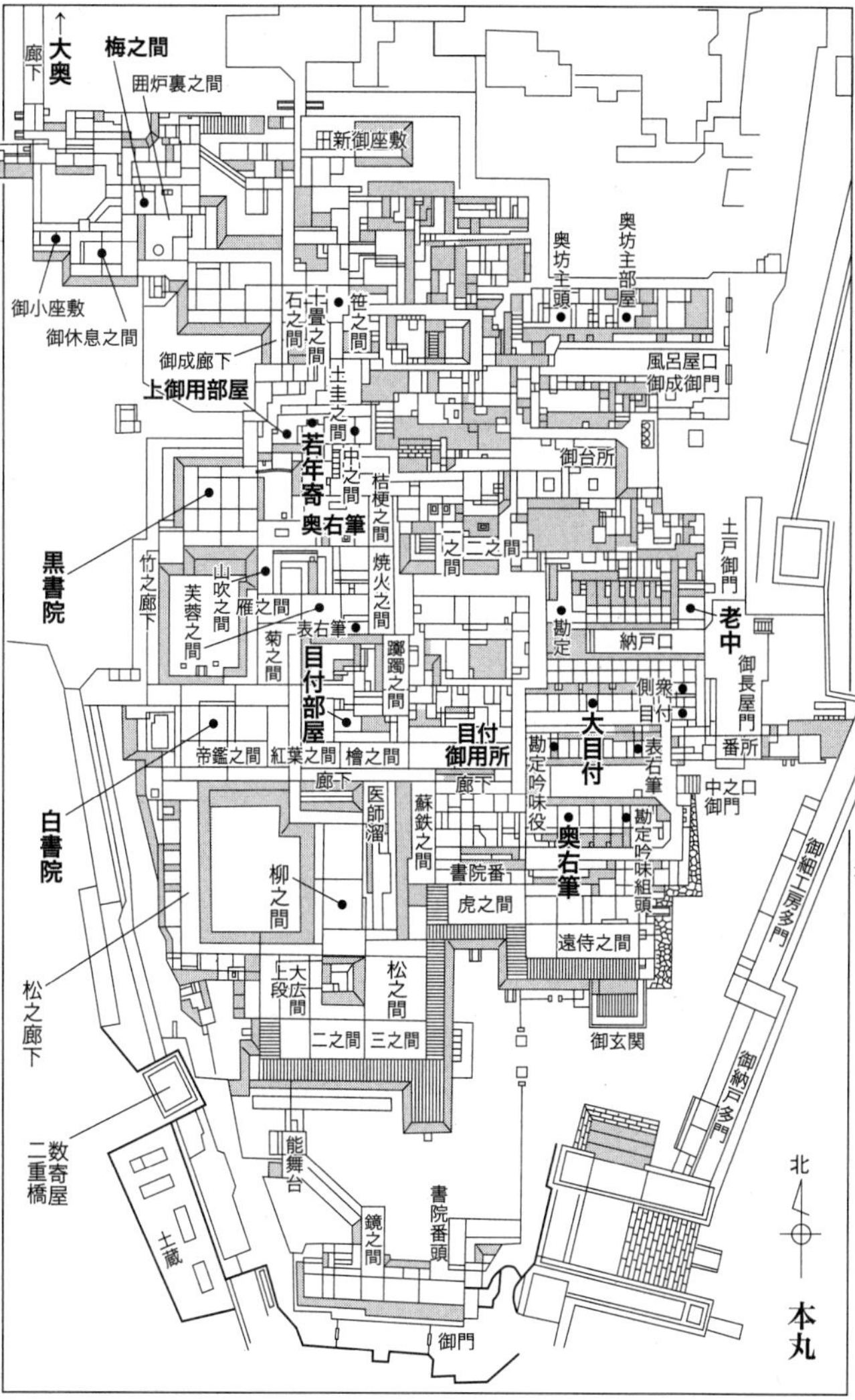
大奥
廊下
梅之間
囲炉裏之間
新御座敷
御小座敷
御休息之間
御成廊下
上御用部屋
石之間
十畳之間
笹之間
土圭之間
中之間
若年寄
奥右筆
桔梗之間
奥坊主頭
奥坊主部屋
中奥
風呂屋口
御成御門
御台所
一之間
二之間
土戸御門
黒書院
竹之廊下
山吹之間
芙蓉之間
雁之間
表右筆
菊之間
焼火之間
勘定
納戸口
老中
御長屋門
目付部屋
躑躅之間
側衆
目付
大目付
帝鑑之間
紅葉之間
檜之間
目付御用所
廊下
廊下
勘定吟味役
表右筆
番所
中之口御門
医師溜
蘇鉄之間
奥右筆
勘定吟味組頭
御細工房多門
表
白書院
柳之間
書院番
虎之間
遠侍之間
松之廊下
上段
大広間
松之間
二之間
三之間
御玄関
二重橋
数寄屋
土蔵
能舞台
鏡之間
書院番頭
御納戸多門
北
本丸
御門

尾張徳川家上屋敷
市谷
早稲田村
江戸川
音羽
護国寺
至板橋宿
江戸川橋
大塚
巣鴨
赤城明神
御納戸町
神楽坂
石切橋
若宮八幡宮
切支丹坂
御薬園
日光御成街道
中山道
小日向馬場
牛込御留守居町
牛込御門
番町
傳通院
小石川
白山
神明宮
駒込
田安御門
清水御門
小石川御門
水戸徳川家上屋敷
入江無手斎道場
春日町
水道橋
水城聡四郎の屋敷
千駄木
神田川
御弓町
本郷
竹町
加賀前田家上屋敷
道灌山
霊雲寺
下谷茅町（柳沢家中屋敷）
池之端七軒町
根津権現
日暮里
神田明神
湯島天神
不忍池
鍛冶町
昌平橋
昌平坂
忍ヶ岡
筋違御門
明神下
池之端仲町
弁天
仁王門前町
東叡山寛永寺
根岸
谷中
内神田
和泉橋
外神田
下谷広小路
佐久間河岸
神田佐久間町
下谷金杉町
通油町
豊島町
新シ橋
御徒町
下谷山崎町
向柳原
通塩町
柳原土手
左衛門河岸
三味線堀
広徳寺
下谷竜泉寺町
幡随院
汐見橋
横山同朋町
両国広小路
元鳥越町
猿屋町
甚内橋
茅町
浅草橋
米沢町
阿部川町
新吉原
薬研堀
両国橋
柳橋
御蔵前片町代地
新堀川
日本堤
水戸家石揚場
大川
旅籠町
東本願寺
小塚原
一ツ目之橋
回向院
御蔵前
首尾の松
御米蔵
御蔵前通り
浅草寺
日光道中
浅草奥山
御竹蔵
御厩河岸之渡し
浅草広小路
雷門
浅草観音
山谷町
駒形町
新鳥越橋
山谷堀
揚場
二ツ目之橋
浅草駒形堂
花川戸町
緑町
本所
南割下水
吾妻橋
竹町之渡し
今戸橋
今戸町
白鬚之渡し
竪川
源森橋
源森川
小梅村
三囲稲荷
向島墨堤
長命寺
木母寺
三ツ目之橋
北割下水
北辻橋
大横川
法恩寺橋
寺島村
新辻橋
業平橋
亀戸村
小梅村
四ツ目之橋
押上村
天神橋
十間川
柳島村
亀戸天神

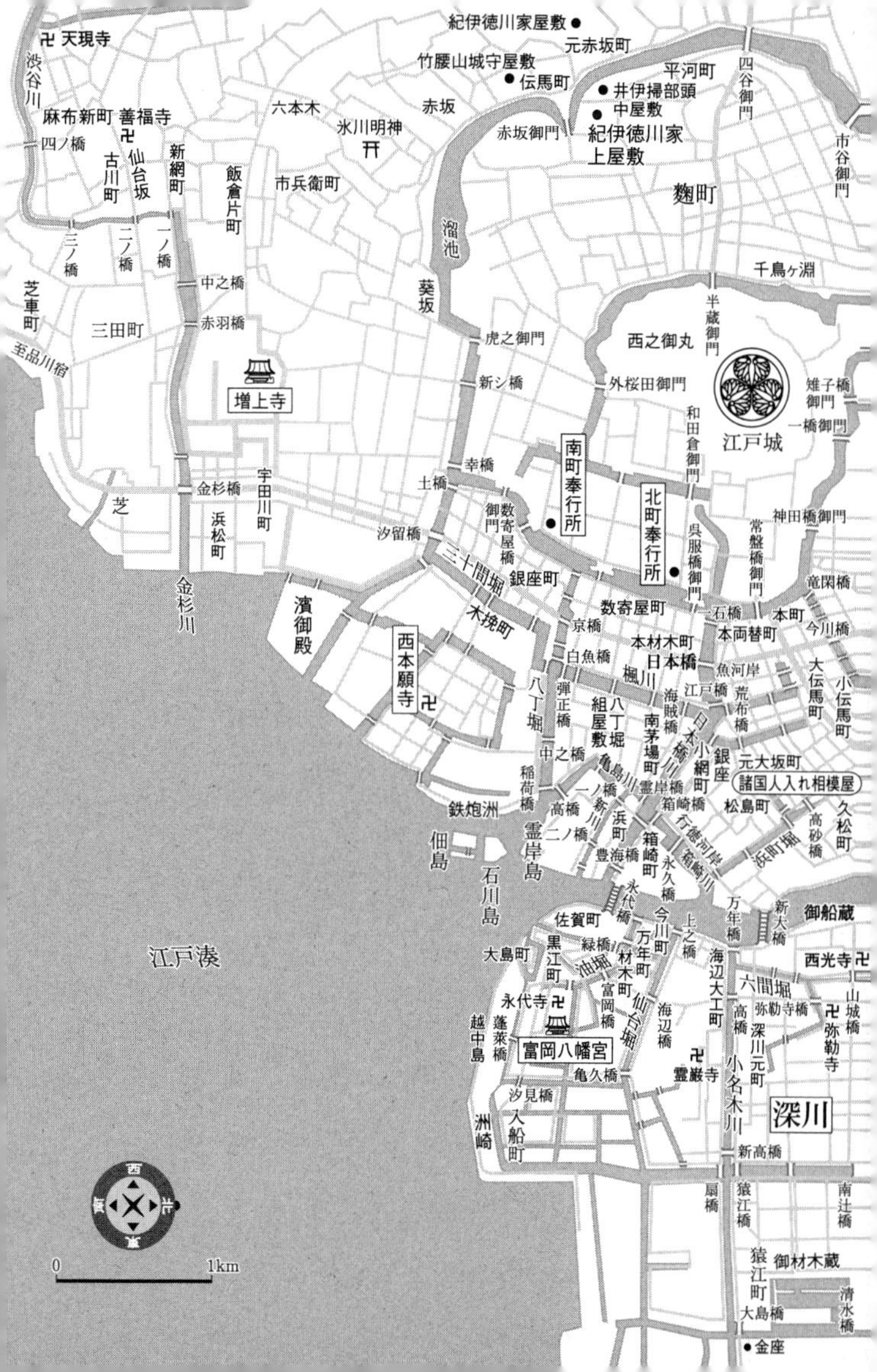
天現寺
紀伊徳川家屋敷
元赤坂町
竹腰山城守屋敷
伝馬町
平河町
四谷御門
渋谷川
井伊掃部頭
中屋敷
六本木
赤坂
麻布新町
善福寺
氷川明神
赤坂御門
紀伊徳川家
上屋敷
市谷御門
四ノ橋
古川町
仙台坂
新網町
飯倉片町
市兵衛町
麹町
溜池
三ノ橋
二ノ橋
一ノ橋
中之橋
千鳥ヶ淵
芝車町
赤羽橋
葵坂
半蔵御門
三田町
虎之御門
西之御丸
至品川宿
新シ橋
外桜田御門
雉子橋御門
増上寺
和田倉御門
一橋御門
南町奉行所
江戸城
幸橋
土橋
金杉橋
宇田川町
北町奉行所
芝
浜松町
数寄屋橋御門
神田橋御門
汐留橋
呉服橋御門
常盤橋御門
三十間堀
銀座町
竜閑橋
金杉川
濱御殿
数寄屋町
一石橋
本町
木挽町
京橋
本両替町
今川橋
西本願寺
本材木町
白魚橋
日本橋
魚河岸
大伝馬町
八丁堀
楓川
小伝馬町
弾正橋
海賊橋
江戸橋
荒布橋
組屋敷
八丁堀
南茅場町
日本橋川
小網町
銀座
中之橋
元大坂町
亀島川
稲荷橋
霊岸橋
諸国人入れ相模屋
一ノ橋
箱崎橋
鉄炮洲
高橋
新川
浜町
行徳河岸
松島町
久松町
高砂橋
佃島
二ノ橋
豊海橋
箱崎町
浜町堀
霊岸島
箱崎川
永久橋
石川島
永代橋
万年橋
新大橋
御船蔵
佐賀町
今川町
上之橋
江戸湊
黒江町
緑橋
万年町
海辺大工町
大島町
西光寺
油堀
材木町
六間堀
山城橋
永代寺
富岡橋
仙台堀
海辺橋
高橋
弥勒寺橋
弥勒寺
越中島
蓬莱橋
富岡八幡宮
深川元町
霊巌寺
小名木川
亀久橋
汐見橋
深川
洲崎
入船町
新高橋
扇橋
猿江橋
南辻橋
御材木蔵
猿江町
清水橋
大島橋
金座
0
1km

主な登場人物

水城聡四郎《みずきそうしろう》…………惣目付。勘定方を勤めてきた水城家の四男で、部屋住みだったが、父親の隠居と長男の急逝で家督を継ぐ。新井白石の引きで勘定吟味役に抜擢され、その後、紀州徳川家藩主だった吉宗が八代将軍となると御広敷用人に登用された。道中奉行副役を経て惣目付に。

水城　紅《あかね》…………水城聡四郎の妻。元は口入れ屋相模屋の娘。聡四郎に嫁ぐにあたり、吉宗の養女となる。聡四郎との間に娘・紬《つむぎ》をもうける。

大宮玄馬《おおみやげんば》…………水城家の筆頭家士。元は、一放流の入江道場で聡四郎の弟弟子。

入江無手斎《いりえむてさい》…………一放流の達人で、聡四郎と玄馬の剣術の師匠。

山路兵弥《やまじひょうや》…………もとは伊賀の郷忍。すでに現役を退いて隠居。播磨麻兵衛とともに、聡四郎と旅先で出会い、助をすることになる。

中山出雲守時春《なかやまいずものかみときはる》…北町奉行。

大岡越前守忠相《おおおかえちぜんのかみただすけ》…南町奉行。

加納遠江守久通《かのうとおとうみのかみひさみち》…御側御用取次。紀州から吉宗について江戸へ来る。聡四郎とともに、将軍吉宗を支える。

徳川吉宗《とくがわよしむね》…………徳川幕府第八代将軍。紅を養女にしたことから聡四郎にとって義理の父にあたる。聡四郎に諸国を回らせ、世の中を学ばせる。

藪《やぶ》田《た》定八《じょうはち》…………御庭之者。

竹姫《たけひめ》…………五代将軍綱吉の養女として大奥で暮らしてきたが、吉宗が惚れた。しかし恋は実らず、吉宗の養女となって、大奥でひっそり暮らしている。

阪崎《さかざき》左《さ》兵衛尉《ひょうえのじょう》……目付。

二戸《にへ》稲大夫《とうだゆう》…………奥右筆組頭。

遠藤《えんどう》湖《こ》夕《ゆう》…………御広敷伊賀者組頭。藤川義右衛門の脱退で、将軍吉宗によって、山里伊賀者組頭から御広敷に抜擢される。

藤川《ふじかわ》義《ぎ》右《え》衛門《もん》………もと御広敷伊賀者組頭。聡四郎との確執から敵に回り、江戸の闇を次々に手に入れていた。

鞘蔵《さやぞう》…………藤川義右衛門の配下。藤川義右衛門の誘いに乗って、御広敷伊賀者を抜けた。

惣目付臨検 仕《つかまつ》る

内憂

第一章　譜代の臣

一

千石《ごく》をこえ大身《たいしん》と呼ばれる武家の妻というのは、家事をほとんどしなかった。炊事、掃除、洗濯などの用事は、すべて女中あるいは小者《こもの》の仕事になる。さらに男の家士《かし》を抱える身分となれば、夫の着替え、身支度も妻の手を離れた。

日常で血を流す女は縁起が悪いという戦場での風習が、いまだに武士の生活を支配していた。

「まっすぐ立って。袴《はかま》の紐《ひも》が解《ほど》きにくいでしょう」

紅《あかね》が役目を終えて戻ってきた水城聡四郎《みずきそうしろう》の着替えを始めた。

早くに母を亡くし、人入れ稼業の父相模《さがみ》屋伝兵衛《でんひょうえ》の手伝いを幼いころからして来た紅には、家族への格別な想いがある。

執着《しゅうちゃく》といってもいいほど、家族、紅が身内と認めた者への愛情は強い。

一千五百石という旗本《はたもと》でもお歴々といわれる身分になっても、紅は側《そば》にいる限り聡四郎の身の回りのことを他人に触らせない。

さすがに料理は、女中、小者の猛反対にあったことであきらめたが、それでも夜遅くまで役目を務めていた聡四郎の夜食を作ったりしている。

「ねえ、どうするの」

裃《かみしも》を脱がせ、常着の小袖《こそで》を後ろから着せかけながら、紅が問うた。

「なにをだ」

紅の髪から漂う鬢《びん》付け油の匂いに気を奪われていた聡四郎が、質問の意図が理解できず聞き返した。

「……なにを考えていたの」

こういったときの勘は男の想像をこえる。紅の声が一段低くなった。

「いや、しばらく閨《ねや》を共にしておらぬなと」

「……馬鹿」

素直な聡四郎の答えに、紅が首筋まで真っ赤になった。

「そっちは後よ」

両手で顔を扇《あお》いだ紅が目をそらしながら返した。

「うむ」

満足そうに聡四郎がうなずいた。

「まったく……」

紅が首を小さく横に振りながら、用件を繰り返した。

「あたしが言いたいのは、玄馬《げんば》さんと袖《そで》の婚姻」

「二人の婚姻か」

聡四郎が腕を組んだ。

大宮《おおみや》玄馬は聡四郎の剣術における弟弟子になる。御家人《ごけにん》の三男で、いきどころのなかった大宮玄馬を聡四郎は家士として召し抱えた。

袖は伊賀《いが》の郷忍《さとしのび》の出で、八代将軍吉宗《よしむね》の想い人であった竹姫《たけひめ》を殺そうとした。

それを聡四郎と大宮玄馬が防ぎ、そのおり傷を負った袖を捕虜《ほりょ》とした。

その袖を大宮玄馬が献身的に看病したことで、二人の間に交流が生まれた。

「袖はどうだ」

「かなりましにはなっているけど、以前のように跳んだり跳ねたりは無理みたい」

訊《き》かれた紅が目を伏せた。

　袖が今回大きな怪我をしたのは、聡四郎と吉宗に恨みを持つ元御広敷伊賀者組《おひろしきいがものくみ》頭《がしら》であった藤川義右衛門《ふじかわぎえもん》の策によった。聡四郎と紅の娘で吉宗の猶孫《ゆうそん》となった紬《つむぎ》を誘拐し、それを餌《えさ》に聡四郎たちをおびき出した。

　空き家に爆薬をしかけ、そこへ一同を集め、紬もろとも亡き者としようとした。そのとき紬と紅をかばって袖が傷を負った。そして入江無手斎《いりえむてさい》も巻きこまれて行方知れずとなってしまった。

「今は大事を取るべきではないのか」

　完治とは言わぬまでも日常生活に不足ない状況まで、袖が回復するのを待つほうがよいのではないかと聡四郎は提案した。

「もう、相変わらずの朴念仁《ぼくねんじん》」

　紅が大きくため息を吐《つ》いた。

「いい、好きな人の側にいたいと思うのが女なの。とくに身体の調子が悪いときは側にいて欲しいのよ」

　しみじみと紅が諭した。

「そうか」

「なによりこのまま放っておくと、袖があきらめるわよ」

うなずいた聡四郎に紅が追い打ちをかけた。

「あきらめる……」

聡四郎が怪訝《けげん》な顔をした。

「……朴念仁じゃ、足りないわ。まったく」

娘時代に戻ったような顔で、紅があきれた。

「参った」

聡四郎は両手を上げた。

「少しは考えなさいよ。でなければ、死ぬまで女というものがわからずに終わるわよ」

「勘弁してくれ。ようやく大奥《おおおく》から離れられたのだ」

聡四郎が嘆息《たんそく》した。

「惣目付《そうめつけ》さまは、大奥も監察するのでしょう」

「…………」

嫌そうに聡四郎が黙った。

「いつも思うけど、公方《くぼう》さまもなにを考えて、聡四郎さんに役人をさせてるのかしら」

「深いお考えがあるのだろう」

「ないわね」

聡四郎の答えを紅が否定した。

「おい、それは……」

「娘の不満よ。父親なら笑って受け入れるわ」

制しかけた聡四郎に紅が言い返した。

紅は相模屋伝兵衛の一人娘である。それが勘定吟味役《かんじょうぎんみやく》になったばかりで右も左もわからない聡四郎と役目のことで知り合い、紆余曲折《うよきょくせつ》あって相愛の仲となった。

これが町方《まちかた》の同心《どうしん》あるいはその辺の百俵《ぴょう》前後の御家人ならば、なんの問題もなかったのだが、聡四郎が五百石《こく》という旗本であったことが、話をややこしくした。

幕府は歴然たる身分をもって天下を統治している。当然、侍がもっとも上になり、百姓、職人、商人はその下になる。正確に区別すると、侍、自前百姓、そして水呑《みずのみ》百姓の三段階であった。

自前百姓はその字の通り、自らの土地を持っている百姓を指す。対して水呑百姓は、自分の耕作地を持っていない者のことをいう。

つまり、どれほどの分限《ぶげん》を持つ商人であろうが、天下の名工と讃《たた》えられる職人であろうが、自ら田畑を持たない者は、すべて水呑百姓扱いになった。言い方は悪いが、聡四郎と紅の間には大きな身分差があった。

もちろん、養子という手段はある。

実際、御家人で商家から嫁を迎えるときは、そういう手段をとる。いかに御家人とはいえ、徳川《とくがわ》の直参《じきさん》なのだ。武家以外から正室《せいしつ》を迎えるのはまずい。御家人でもそうなのだ、これが旗本となるといっそう厳しくなる。適当な旗本に養女縁組みを頼んでも、幕府が認めるとは限らない。武士の血筋を安易に売り渡すようなまねは許してはならないからである。

いうまでもなく、抜け道はある。

まず、商家から小禄の御家人の家へ養女に出る。そこで武家の娘という格を得たあと、今度は小さな旗本と養子縁組みをし、そこから聡四郎のもとへ嫁ぐ。場合によってはもう一つくらい旗本を挟むこともある。

されど、それでも認められないことはあった。聡四郎が勘定吟味役という役目に就いていることで、縁組みへの審査も厳しくなっていたのだ。

役目にはどうしても利権が絡む。その利権に商人が群がり、娘を押しつけることで便宜《べんぎ》をはかってもらおうとするのは、日常茶飯事だからである。

「余《よ》の娘にする」

そろそろ婚姻をと考えていた聡四郎と紅に救いの手を出したのが、当時紀州《きしゅう》家の当主であった徳川吉宗であった。八代将軍の座を狙っていた吉宗は、勘定吟味役という幕府すべての金の動きを監察できる役目に就いている聡四郎を手元に引き寄せるべく、救いに見せかけた謀略の手を伸ばした。

「紀州の娘となれば、文句を言う奴はおるまい」

吉宗は半ば無理矢理に近い形で紅を引き取っていった。

出自が町人であろうが、紀州家の姫という衣をまとった紅を、水城家はもちろん幕府も認めざるを得ない。

結果、紅は御三家の姫として、聡四郎のもとへ嫁《か》してきた。だが、それもわずかの期間でしかなく、今では将軍の姫君という扱いになっている。

それもあり、聡四郎と紅の子供である紬を、

「躬《み》の初孫同然である」

吉宗がそう公言し、猶孫としてしまった。

「将軍家の孫と等しい……」

大名《だいみょう》や旗本、はては公家《くげ》までが騒いだ。

猶子《ゆうし》というのは、子供のごとしという意味合いである。養子ほど繋《つな》がりは強くないが、それでも一門に加えられる。

吉宗には嫡男長福丸《ちょうふくまる》がいた。しかし、長福丸はすでに西《にし》ノ丸《まる》で次代の将軍となるべく教育を受けている。

大名家として将軍と近づくのにもっともいいのは、将軍嫡子《ちゃくし》の正室を出すことである。しかし、将軍家の婚姻は大名の間におおいなる影響をもたらす。もし、娘が正室に収まり、男子を産めば、次期将軍の外祖父になれる。かつての平清盛《たいらのきよもり》と比すのは大仰《おおぎょう》かも知れないが、天下の政《まつりごと》にも口出しができるようになる。

それがわかっているのか、幕府は将軍、その世子《せいし》の妻、世に言う御台所《みだいどころ》は、京の公家で五摂家《せっけ》あるいは宮家《みやけ》の姫君からもらうと決めた。

となると、残りは世子以外との縁になる。

問題は将軍の子息、子女と釣り合うかどうかであった。いかに譜代《ふだい》とはいえ、数万石では相手にされないし、旗本は端《はな》から対象外である。

そんなところに、吉宗に血は繋がっていない孫ができた。しかも吉宗がその孫を寵愛《ちょうあい》しているとなれば、価値は高い。

さらに紬の父の聡四郎は吉宗の腹心《ふくしん》であるが、身分はようやく諸大夫《しょだいぶ》といったところで、大名や高禄旗本には及ばない。

ようは恰好の獲物であった。

その紬を巡っての戦いはすでにおこなわれており、何度か狙われていた。

それを防いできた袖だったが、藤川義右衛門の相手はまだ厳しく、紬を掠《さら》われたうえ、取り返しにいったときに大怪我を負うことになってしまった。

「あの娘《こ》は、悔いているわ。でもね、後悔というように、後で考えればどうということもないのよ。人は生きていれば取り返せるから」

「まさか……」

紅の言葉で危険を感じた聡四郎が顔色を変えた。

「…………」

無言で紅が聡四郎の推測を肯定した。

「玄馬さんは、そんな袖を支えられるかしら」

「ああ。玄馬も大人になった」

弟弟子の成長を聡四郎は間近で見ていた。

「なら、決まりね」

紅が重い雰囲気を一蹴《いっしゅう》するように、明るい声で言った。

「となると、早いほうがいいわね」

「早いほうがいいといっても、吾《われ》も新しい役目に就いたばかりで余裕がない」

急《せ》かすような紅に聡四郎が困った。

聡四郎は吉宗の手駒として、大奥を監督する御広敷用人《おひろしきようにん》、人と物の流れを把握する道中《どうちゅう》奉行副役《そえやく》、そし惣目付へと転じられたばかりであった。

惣目付は幕府のすべてを監察する。

幕府にはすでに大目付《おおめつけ》、目付、勘定吟味役、徒《かち》目付などの役目があった。もっとも大目付は、過去に大名を潰しすぎ、大量の浪人を生み出し、慶安《けいあん》の役《えき》の原因となったことで権力を取り上げられ、旗本の隠居役に落ちている。

その分を目付が担うようになり、その権威は一気に増した。

人というのは権威を吾《わ》がものと思う。大目付がやり過ぎたことを忘れはて、目付たちが思うがままに動く。これは為政者《いせいしゃ》にとって都合が悪かった。

これはと思う者を抜擢《ばってき》しようとしたら、目付が口出しをする。新しい布告《ふこく》を出したら、目付が己たちの考えでゆがめてしまう。

「よろしくございませぬ」

「目付として、ご意見を申しあげまする」

それどころか、新しいことをしようとしたら、待ったをかけてくる。

「前例が……」

「先代さまは……」

目付は前例、慣例をよりどころにしている。その牙城《がじょう》を崩すようなまねは、相手が将軍であろうがかかわりなしに否定してくる。

「幕府は変わらねばならぬ」

七代の間に幕府は衰退していた。財政は破綻《はたん》し、武士はその気概《きがい》を失い、武芸ではなく遊興《ゆうきょう》に淫《いん》するようになった。

これに危惧《きぐ》を覚えた吉宗は紀州藩主の座を捨てて、八代将軍就任を望んだ。

紀州徳川、尾張《おわり》徳川、六代将軍家宣《いえのぶ》の弟、三つ巴となった継承戦を制し、吉宗が八代将軍となった。

「幕府百年の計を……」

就任直後から幕政改革を唱え、実行しようとした吉宗の前に立ち塞《ふさ》がる者がいた。

「重代《じゅうだい》の慣習が」

「将軍家のお血筋は、大奥がお預かりするもの」

まず経費節減の的となった大奥が反発した。

大奥は将軍の私《わたくし》であり表《おもて》ではないが、その影響力は表の老中《ろうじゅう》をもしのいでいた。なにせ、大奥には将軍の寵姫《ちょうき》がいるのだ。

「公方さま、月見の宴を催したく存じまする」

閨《ねや》でそう求められれば、大概の男は落ちる。

三代将軍家光《いえみつ》から七代将軍家継《いえつぐ》まで、大奥は女を使って将軍を骨抜きにしてきた。とくにまだ幼かった家継の御世《みよ》は、我が世の春を謳歌《おうか》してきた。

もちろん、五歳で将軍となった家継に女は不要であった。その代わり母が要った。

「公方さまはまだ幼し。幼子と母を引き離すというか」

将軍となった以上、家継は元服《げんぷく》した一人前の男として扱われる。御休息《ごきゅうそく》の間《ま》へ家継を移そうとした老中たちを大奥が拒んだ。

家継はまだ右も左もわからない幼児である。

「公方さま、月見をするにふさわしい四阿《あずまや》が要りましょう」

「母どのの思うように」

五歳だ、六歳だといったところで将軍には違いない。家継の命は、幕府を縛る。

こうして大奥は家継が存命の間、好き放題をしてきた。

それをいきなり締め付けると言われて、はい、わかりましたとうなずけるはずもなく、大奥は吉宗の敵となった。

だが、それも御広敷用人として大奥の対応を任された聡四郎らの活躍で、一応の落ち着きを見た。

「次は役人である」

吉宗は一歩前進した。

役人は、先例を踏襲《とうしゅう》するのが役目だと思いこんでいる。いや、そうしなければやっていけなかった。なにせ前例に従っている限り、失敗しようとも咎《とが》められないのだ。

「仰《おお》せではございまするが……」

「前例がございませぬ」

吉宗の指図にも役人たちはなかなか首を縦に振らない。

「紀州の山猿ごときが」

「湯殿番《ゆどのばん》を母に持つなど、将軍にはふさわしくない」

直系でない吉宗を幕臣たちは軽く見て、なかなか言うとおりに動こうとはしない。

「辞めさせよ」

かといって早急に免職はできなかった。

将軍の恣意《しい》ととられては、後々の政に差し障る。強権発動は、一つまちがえば面従腹背《めんじゅうふくはい》を生む。それどころか、場合によっては敵に回りかねない。

そこで吉宗は、辞めさせられても当然だという状況を作り出すため、聡四郎をすべての者を監察できる惣目付にした。

当たり前ながら、聡四郎の惣目付を認めない者は出てくる。さらに惣目付という役目は幕府の大目付と違い聡四郎のために創設されたもので、前例もなければ下僚《かりょう》もいなかった。

「手助けをしてくれ」

聡四郎は人手不足解消のため、かつて勘定吟味役をしていたころの配下で隠居していた太田彦左衛門《おおたひこざえもん》を引っ張り出した。

この太田彦左衛門の手助けで書類の作成などの手間はなくなったが、それでも吉宗の要求を満たすにはいたっていない。

「聡四郎さん」

躊躇《ちゅうちょ》した聡四郎を紅が結婚する前の呼び方をした。

「……玄馬と話をしよう」

普段、旦那さまと言っている紅が、呼称を変えた。これは機嫌が悪くなるとの予兆であった。

さっさと聡四郎は逃げた。

「まったく……」

聡四郎の袴をていねいにたたみながら、紅が嘆息《たんそく》した。

二

大宮玄馬の住まいは、水城家の塀際に建てられている長屋の一つであった。

「おるか」

聡四郎は大宮玄馬の長屋の門を開けたところで問うた。

「これは、殿」

声に慌《あわ》てて大宮玄馬が顔を出した。

「少し、よいか」

「どうぞ、お入りを」

訊いた聡四郎に大宮玄馬が首肯《しゅこう》した。

「……玄馬よ。そなた袖をどういたすつもりか」

長屋の客間に通された聡四郎が尋ねた。

「殿のお許しがあれば、吾が妻に迎えたく存じまする」

はっきりと大宮玄馬が口にした。

「今の袖の状況はわかっているな」

「わかっておりまする」

重ねて確認した聡四郎に、大宮玄馬が首を上下に振った。

「傷次第ではまともに動くことができぬようになるかもしれぬ。それでもよいのだな」

「殿のお言葉なれど、いささか腹立たしく思いまする。わたくしが一度妻にすると決めた女をそのていどのことで見捨てるようなまねをするとお考えか」

大宮玄馬が腹を立てた。

「ならば、その証《あかし》を見せてもらおう。稽古場へ付いて参れ」

聡四郎は詫《わ》びずに、大宮玄馬を邸内に設けた道場へと誘った。

水城家は代々役方《やくかた》、それも勘定方を家職としてきた。

当然、算盤、習字を得手《えて》としている。だが、武士の表芸《おもてげい》である剣術や槍術《そうじゅつ》を始めとする武芸は、さほど修練を積んでいない。いや、修練などしたこともなかった。もちろん、屋敷のなかに道場や矢場《やば》、厩《うまや》などという、旗本がそろえておかなければならないものなど持っていなかった。

それを聡四郎は当主になって以来、整備してきた。

そのなかの一つ、板の間で二十畳ほどある武芸道場で、聡四郎は大宮玄馬と対峙《たいじ》した。

「よいか、これは稽古ではない。一対一の真剣仕合だと思え」

「承知」

道場で二人は竹刀《しない》を手にした。

「参れっ」

聡四郎が仕合《しあい》の開始を宣した。

「…………」

大宮玄馬は小柄な体軀《たいく》を利用した小太刀《こだち》を取得としている。構えをすっと下段に変えた大宮玄馬が、腰を落とした。

背の低い大宮玄馬が腰を落とせば、聡四郎の竹刀は届きにくくなる。

「ふん」

息を吐きながら、聡四郎は両足を大きく開いて、腰からではなく身体を低くした。

「……むっ」

大宮玄馬が低い姿勢から伸び上がるようにして、斬りつけてきた。

「ぬん」

疾《はや》さで一放《いっぽう》流に勝るものはない。

聡四郎は中段に構えていた竹刀で、大宮玄馬の斬りあげを迎え撃った。

甲高《かんだか》い音がして、竹刀がぶつかり合った。

「しゃっ」

迎え撃たれるのを読んでいた大宮玄馬の竹刀が、一瞬の均衡を払いのけて聡四郎の右小手《こて》へ這《は》い寄ってきた。

「おおっ」

聡四郎は右手を竹刀の柄《つか》から離すと大宮玄馬の一撃に空《くう》を打たせ、左手だけで摑《つか》んだ竹刀を横に薙《な》いだ。

「…………」

片手薙ぎは伸びる代わりに、軽くなる。大宮玄馬はすとんと腰を落とすようにしてこれをかわし、そのまま竹刀を突き出した。

「うおっ」

下腹を狙われた聡四郎が、慌てて後ろへ跳んで逃げた。

「させぬ」

剣術の仕合に主君と家臣、兄弟子と弟弟子の垣根はない。大宮玄馬が鋭い目つきで聡四郎の動きを見、合わせるように身体を寄せてきた。

「ちいっ」

聡四郎は迫る大宮玄馬へ咄嗟《とっさ》の蹴りを入れた。

一放流は戦場で生まれた流派である。そのため剣だけでなく、手足を使った体《たい》術《じゅつ》も組みこまれていた。

「甘い」

大宮玄馬は、聡四郎の苦し紛《まぎ》れな一撃を身体をひねり、紙一重の間合いでこれを避けた。

「外れたっ」

蹴りは体重を乗せなければ、効果がない。咄嗟《とっさ》の蹴りとはいえ、はずされたことで聡四郎の次への動きが鈍った。

「やっ」

その隙《すき》を大宮玄馬は見逃さなかった。

大宮玄馬の竹刀が、聡四郎の左首を打った。

「参った」

聡四郎が負けを認めた。

「ありがとうございました」

大宮玄馬がすかさず竹刀を身体の後ろに回し、頭を下げた。

仕合が終われば、二人はまた主従に戻る。

「玄馬、そなたの覚悟、見届けた」

「畏《おそ》れ入りまする」

大宮玄馬が平伏《へいふく》した。

「そなたと紬の婚姻を許す」

「かたじけなき仰せ」

聡四郎の宣言に大宮玄馬が感謝した。

「わかっておるだろうが、紬は今、気落ちしておる。そなたが支えてやってくれ」

「はっ」

大宮玄馬が首肯した。

「行くがよい」

聡四郎が、大宮玄馬の背中を押した。

「失礼をいたしまする」

大宮玄馬が小走りに離れていった。

「単純だこと」

反対側の襖《ふすま》を開けて、紅が道場へ入ってきた。

「剣術遣《つか》いというのは、あんなものだ。刀を手にした途端、雑念は消える。残るのは、純粋な想いだけよ」

聡四郎が微笑《ほほえ》みを浮かべた。

「なら、今の聡四郎さんのなかには、あたしがいるということ」

「訊くことか」

「あら、女は忍ぶ恋より、一つの言葉を欲しがるものなの」

なんともいえない顔をした聡四郎に、すっと紅が寄り添った。

袖は以前よりだいぶ快復したものの怪我のこともあり、大部屋になる女中部屋ではなく、紅の居室近くの小部屋で起居《ききょ》していた。

普段は大宮玄馬とはいえ、奥への立ち入りはできないが、今日は紅と聡四郎の許可が出ている。

大宮玄馬は、紬の部屋の前廊下に腰を下ろし、なかへと声をかけた。

「紬どの、玄馬でござる。開けてもよろしいか」

「玄馬さま……いえ、ご遠慮を願いまする」

問いかけに紬は否《いな》やと返した。

「ご無礼仕《つかまつ》る」

紬の拒否を蹴飛ばして、大宮玄馬が部屋に入った。

「な、なにを……いかに玄馬さまといえど、女の部屋に踏みこまれるのは……」

養生のために横になっていた紬が夜具《やぐ》の上に身体を起こしながら、抗議の言葉を口にした。

「紬どの」

中腰のまま膝で滑るように近づいた大宮玄馬が抱きついた。

「……な、な」

さすがに伊賀の女郷忍であっても、惚れた男からいきなり抱擁《ほうよう》されては、動揺するしかなかった。

「無理をなさるな、いや、するな」

大宮玄馬が口調を変えた。

「藤川義右衛門が策は、我らでは届かぬほどのものだったのだ」

「……だからといって、失敗は許されるものではありませぬ」

抱きつかれたままで、袖が首を横に振った。

「許されるとは思わぬ。いや、許されてはならぬ」

「えっ……」

予想外の返しに、袖が唖然《あぜん》とした。

「我らに隙があった。そうであろう。忍とは、人の隙間を突く者である」

「…………」

大宮玄馬の話を袖は黙って聞いた。

「その隙があった。ために姫さまを奪われた。取り返せたとはいえ、その代償は大きい。袖どのは傷を負い、我が師入江無手斎は姿を消した。この損害を取り戻さずともよいのか。我らは、二人とも水城の家に返せぬ恩を受けているのだ」

御家人の三男で養子の口もなく、実家の納屋で起居し、妻《めと》も娶れず、小遣いもない無給の奉公人以下の生涯を送るしかなかった大宮玄馬は、今や八十石取りの用人格として武士の面目《めんもく》を保ち、使い捨てされる女忍として人並みの幸せもなく短い一生を終えるはずだった紬は、水城家の女中になれた。それだけではなかった。聡四郎と紅は、大宮玄馬と紬の想いをくみ取り、二人の仲を認めてくれている。

「…………」

紬が大宮玄馬の腕《かいな》のなかで身じろぎをし、顔をあげた。

「わかっておりまする。たとえ死すとも返せぬ恩」

はっきりと紬も首を縦に振った。

「なればこそ、我らは譜代にならねばなるまい」

「譜代……」

忍に譜代という概念はないのか、紬が首をかしげた。

「代を重ねるということでござる。殿の後はそのお子に仕え、そして我ら死したる後は、我らが子がお仕えする。それを末代《まつだい》まで繰り返すことこそ、ご恩に報いる唯一の方法だと拙者は思う」

大宮玄馬が述べた。

「我らが子……」

紬が頬をわずかながら染めた。

「紬さまの御側に仕えるのが、我らの子以外にいるとでも」

「いいえ」

はっきりと紬が否定した。

「であろう」

大宮玄馬が吾が意を得たりと首肯した。

「殿、奥方さま、姫さまにお仕えしつつ、子を産み、育て、忠義を教えこまねばならぬ。忙しいぞ。落ちこんでいる暇などない」

「はい」

紬が大宮玄馬の熱意に巻きこまれた。

「あらためて願う。吾が妻となってくれ」

「喜んで」

二人がしっかりと抱き合った。

三

入江無手斎は、全裸で伏臥《ふくが》していた。

「少し、響くぞ」

長く細い鍼《はり》を背骨へ沿わせるように木村暇庵《きむらかあん》が打ちこんだ。

「……むっ」

己の意思を無視して痙攣《けいれん》する足に入江無手斎が小さく呻《うめ》いた。

「剣術遣いといえども、鍼には勝てぬか」

木村暇庵が笑った。

「この藪《やぶ》が、なにを言うか」

入江無手斎が憎まれ口を叩いた。

「藪だからの。藪と言われて当然じゃ」

平然と木村暇庵が流した。

「応《こた》えぬやつじゃ」

入江無手斎があきれた。

「動くなよ」

木村暇庵が入江無手斎の左後ろ首を押さえた。

「………」

「ここじゃ」

少し右手で首を触っていた木村暇庵が、息を吸いこんだ。

「ふっ」

木村暇庵が鍼を首に突き刺した。

「人を殺し放題だな」

急所を握られているようなものである。

「両手で足りるぞ」

嫌味を口にした入江無手斎に、淡々と木村暇庵が答えた。

「…………」

さすがの入江無手斎も予想していない返答に呆然となった。

「意外か」

木村暇庵が含み笑いをした。

「医者というのは、人を救うものだ。人を救うのは病《やまい》を除くことでもある」

「病……なるほどの。人ほど悪意を撒《ま》く者はおらぬわ」

すぐに入江無手斎が悟った。

「一人除《の》けることで、多くが救われる。それがわかっていて、悪人を治すほど愚昧《ぐまい》は慈悲《じひ》深くない」

「傲慢《ごうまん》だな」

入江無手斎が指摘した。

「ああ。傲慢じゃ。御仏《みほとけ》でもない人が人の寿命を左右するなど、傲慢でしかない。だが、わかっていて見過ごせるほど、甘くない。愚昧は医者である前に、感情に左右される人である」

木村暇庵が感情のない声で語った。

「面倒だな、医者は」

治療が終わったと背中を叩かれた入江無手斎が起きあがった。

「悪人かどうかを確かめねばならぬ。その点、剣術遣いは気楽なものじゃ。気に入らねば斬ってしまえばいいからの」

「ずいぶんと乱暴だが、明確じゃな」

鍼を沸き立っている湯へ浸《つ》けこみながら、木村暇庵が首を左右に振った。

「人の生き死にに善悪をからめてはまずいだろう。善悪なんぞ、百人いれば百通りある。そんな立場で変わるような物差しで殺されたのでは、成仏できまい」

「だからといって、好き嫌いで決めるのはどうかと思うぞ」

木村暇庵が苦笑した。

「世のなか、そんなものだろう。己にとって、要か不要かで人付き合いは決まる」

「まちがっておらぬのが、恐ろしいの」

堂々と宣した入江無手斎に、木村暇庵が震えてみせた。

「義に悖《もと》るとか悖らぬなどを口にするのは、責任の転嫁《てんか》でしかない。人を殺したという後ろめたさを少しでも薄れさせる逃げよ。殺すのは吾が手よ。ただ相容《あいい》れぬから、憎いから、恨みを晴らすため、誰かを守るため……どれでもいい。殺したという、殺したいという心に従った以上、その重さはすべて背負わねばなるまい」

「たしかにの。逃げは殺された者への非礼」

入江無手斎の言葉に木村暇庵が首肯した。

「あと二回。それで治療は終わりじゃ」

木村暇庵が呟《つぶや》くように告げた。

「二回か。長いの」

「甘えるな。普通ならば、生涯治らぬところだぞ」

「おぬしが診てもか」

「愚昧に任せれば、日常に困らぬくらいまでは戻してやるがの。それでも一年、いや三年はかかろうか」

「ふん」

鼻で入江無手斎が笑った。

「それだけ儂《わし》の体力はすさまじいのだな」

「ああ、とても人とは思えぬ。獣《けもの》並みじゃな。獣は怪我が命取りになる。なにせ、人のように助けてくれる家族も仲間もおらぬ。死にたくなければ、自力で怪我をできるだけ早く治さねばならぬでの」

木村暇庵が真顔に戻った。

「獣か。今の儂にはふさわしいの」

口を吊りあげるようにして、入江無手斎が笑いを嗤《わら》いに変えた。

「始末に負えぬの」

「その始末をするのだ。まだ生まれてまもない赤子《あかご》を掠《かす》め取り、その父と母を苦しめようなどと考える輩《やから》は、世のなかに不要である」

「赤子を攫《さら》う者は珍しくないが……」

吐き捨てるように言った入江無手斎に、木村暇庵が難しい顔をした。

子供がいつの間にかいなくなることはままある。

子宝に恵まれない夫婦、子を失った母親などが、吾が子の代わりにまだ記憶もおぼつかない幼子を連れ去る。あるいは無給の奉公人として、自我が芽生える前にしつけて酷使する。このあたりはまだいい。酷《ひど》いのになると難病の薬として赤子の肝が効くという迷信を信じた愚か者が、攫った子供を殺して生き肝を喰らうだとか、赤子にしか性的に興奮しない変態がおもちゃにするためにといった碌《ろく》でもない場合もあった。

「外道《げどう》だな」

木村暇庵が憤慨した。

「儂も人でなしだ。剣術のためと己を納得させ、命がけの仕合で相手を殺したことは何度もある。それでも赤子を利用したことはもちろん、しようと考えたことさえない。赤子は守られるべきものだからな」

「ああ。赤子が無事に育たねば、人は途絶える」

木村暇庵が入江無手斎の考えに同意した。

「それに気付かぬほど愚かなのか、そいつは」

子供が育たなくともその変化が世間に出てくるのは、二十年ほど先になる。今すぐどうこうなるというものではないだけに、気付かない。いや、気付いていない振りが通る。

そして二十年経《た》ったときに理解するのだ。取り返しが付かないということに。一世代が減れば、その下の二世代目はさらに減る。これは代を重ねるほど酷くなっていく。

家を継ぐくらいならばどうにかなるかもしれない。武家でも商家でも百姓でも家《か》督《とく》を相続できるのは嫡男だけで、それ以降は予備あるいは不要なのだ。その不要とされる次男以下が、江戸や大坂《おおさか》などの大きな町へ出て、商家に奉公したり、職人に弟子入りしてきた。

次男以下が減れば、こういった奉公人や弟子が足りなくなる。

奉公人の減った商家は商いの規模を小さくするしかなくなり、弟子がこなくなった職人の技は伝える相手を失い、途絶えてしまう。

人が人として文明を保って生活するには、少なくとも人口の維持は必須であった。

「見えていないのだ、ただ憎しみだけで生きている連中には」

「……なんともはやだの」

木村暇庵が大きく息を吐いた。

「ゆえに儂が片付ける」

「おぬしがせねばならぬことなのか」

人を殺すと言ったに等しい入江無手斎に、木村暇庵が気遣った。

「狙われたのは、吾が愛弟子の娘じゃ。儂にとって孫も同然。孫の身を守るのは祖父の役目であろう」

「町方役人の仕事……」

「それが役に立たぬから、儂が出るのよ」

入江無手斎が町方役人を役立たずだと断じた。

「それにかんしては、同じ思いだが……一人でできることには限界があろう」

今回の怪我もそのせいではないのかと木村暇庵が入江無手斎に問うた。

「……」

入江無手斎が黙った。

「止めはせぬ。そもそも最初に声をかけたときから、わかっていたことだ。復讐《ふくしゅう》の思いを抱えている者特有の雰囲気を出していたからな」

「それをわかったうえで、治療をしたと」

「愚昧は復讐を無意味なものだと思ってはおらぬからな。恨みを呑みこむなど、これほど身体に悪いことはない。なにより、復讐の原因となった者へ失礼であろう。理不尽に命を奪われた、金を奪われた、女を奪われたなど、どれをとっても碌でもない」

驚いた入江無手斎に木村暇庵が応じた。

「医者は我が儘《まま》でなければ務まらぬよ。聖人君子みたいな奴もおるが、そういった輩ほど不幸な末路を迎える。名医だとか、仏のような方だとか、おだてあげられてその仮面を取ることができず、他人の理想を死ぬまで演じるなど御免じゃ」

木村暇庵が首を横に振った。

「そうか」

入江無手斎が小さく呟いた。


名古屋《なごや》を出た鞘蔵《さやぞう》は、甲賀ではなく伊賀の郷近くに潜んでいた。

「さすがに郷へ入ることはできぬな」

独立していたというか、孤立していた伊賀の郷は、藤川義右衛門の依頼を受けて、改革を進めようとしている吉宗の邪魔をした。

かつて天下取りを目前とした織田信長《おだのぶなが》の侵攻を受けても生き延びた伊賀の郷も、徳川の天下が定まった今では、抵抗するだけの力はなかった。

「潰せ」

怒った吉宗の命一つで、天下に伊賀の郷忍の居場所はなくなる。郷が潰された後、どこかへ散り散りになって潜伏しようにも、すべての大名が幕府の支配下にあっては難しい。幕府に睨《にら》まれるどころか一蓮托生《いちれんたくしょう》にされかねないのだ。

「甲賀は信じられぬ。やはり忍は伊賀こそ本場」

独断で伊賀へ来た鞘蔵の理由であり信念であった。

「かの織田信長に抵抗した伊賀者の矜持《きょうじ》はどこへいったのだ」

鞘蔵は吐き捨てた。

とにかく、聡四郎たちとの戦いで、減った戦力の補充はしなければならない。伊賀の郷を見限ることはできなかった。

「誰《たれ》ぞ、出てこぬか……」

堂々と郷へ入れば、まちがいなく捕まる。実戦を経験し、かなり腕をあげた鞘蔵といえども、郷忍の本拠地で戦えるほどではない。

忍の本領は耐えることにある。敵地に入りこんで動かず機が来るのを窺《うかが》う。その間、飲食はもちろんしないし、身体を虫が這おうが、毒蛇が近づこうが身じろぎ一つせずに耐える。

郷を見下ろす丘、その藪のなかで鞘蔵は一人で出てくる郷忍を待った。

伊賀は山が多く、まともに耕せる田畑は少ない。自給自足できるだけの穫《と》れ高がないため、山で鍛えた足腰を利用して忍となって出稼ぎをしてきている。見た目が若い、あるいは歳老いているからといって、侮るのはまずかった。

もちろん、女だからといって油断は禁物《きんもつ》である。

「…………」

めぼしい者の姿もなく、一昼夜が明けた。

しかし、郷からまったく出ないというわけにもいかなかった。なにせ、所有している田畑だけでは喰いかねるのだ。木の実や茸《きのこ》などを採取、猪《いのしし》、兎《うさぎ》などを捕獲して不足分を補う。

そのために郷から出てくる。

「……来たか。助かったわ」

今や敵地となっている郷近くに潜んでいた鞘蔵は、一睡どころか休息も取っていない。どれほど鍛えていても、人には限界がある。緊張し続けて保《も》つのは、いいところ三日である。それ以上は集中力を欠き、下手をすれば郷忍に見つけられてしまう。

一人で出てきた猟師風の郷忍を見た鞘蔵が安堵《あんど》した。

四

藤川義右衛門は、鞘蔵と別れた後、東海道《とうかいどう》を上って京を経て大坂、そして紀州へと向かっていた。

道中奉行副役だった聡四郎の足跡をたどり、少しでもその影響について調べようと考えたのだ。

「ほう、一応結界《けっかい》らしきものはあるのだな」

東海道四十九番目の宿場《しゅくば》である土山《つちやま》宿を過ぎたところで、藤川義右衛門が小さく呟いた。

「左右に一人、二人だけとは思えぬが」

忍は郷に不審者が近づかないよう、あるいは敵が来たことをすばやく知るために、街道筋などに見張りを出していた。

なかには宿場のなかで茶店などを開き、地の者として溶けこんでいる場合もあった。それでも二人というのは、少ないというべきであった。一人がやられている間に、もう一人が報せに走るということもできないわけではないが、かえって郷に案内する形になりかねない。ここにいる二人は、できるだけ敵の足を止め、郷に迎撃の準備をさせるのが役目のはずであった。

「もう一人はいるだろう……」

編み笠のなかで藤川義右衛門が頭を動かさないようにしながら、周囲へ目を走らせた。

「あれか」

少し宿場を離れた松の木の枝に藤川義右衛門が違和感を覚えた。

「思ったよりもできるな、甲賀」

藤川義右衛門が感心した。

「ふむ……甲賀は五十以上にわかれていると聞く。鞘蔵に任せるだけでなく、吾も一つ、二つ、声をかけるか」

甲賀の実力に藤川義右衛門が考えを変えた。

「まずは穏便《おんびん》な話にしたいの」

なにせ、新たな味方という名の手足を勧誘しに来ているのだ。最初から敵対するなど論外であった。

「向こうの出方を待つとするか」

力を誇示するべきではない。藤川義右衛門はそのまま見張りの甲賀者には気づかない振りで、東海道を外れて、甲賀へ向かう路《みち》へと足を踏み入れた。

「……待て」

東海道から見えない林のなかに入ったところで、藤川義右衛門の背中に声がかけられた。

「拙者《せっしゃ》かの」

ゆっくりと藤川義右衛門が振り向いた。

「どこへ行く」

三間《けん》（約五・四メートル）ほど離れたところに、蓑《みの》をまとった地侍《じざむらい》らしい男が立っていた。

「甲賀の郷へ」

藤川義右衛門は紀州のことをおくびにも出さずに告げた。

「……見ぬ顔だが、郷に何用じゃ」

地侍の目が細められた。

「人を雇おうと思ってな」

「……甲賀者に仕事か」

藤川義右衛門の答えに地侍がより警戒を強めた。

「仕事といえば仕事。だが、それ以上に仲間を求めている」

「仲間だと……」

地侍が藤川義右衛門の言葉に、首をかしげながら、わずかに右手の指先を曲げた。

「……後ろか」

藤川義右衛門が背後に別の甲賀者が現れたことを悟った。

「我らの気配を読めるとは、おぬしも忍か」

地侍風の甲賀者が少しだけ腰を落とした。

「争いに来たわけではないぞ。金になる話を持ってきた」

興味を引くように藤川義右衛門が金儲《もう》けだと言った。

「金だと」

地侍が今度は左指を動かした。

「三人目を郷へ報せにいかせたようだの」

「…………」

見抜かれていたと知った地侍風の甲賀者が黙った。

「どれ……」

藤川義右衛門は、前後の甲賀者を気にせず、路沿いの杉の木の根元に腰を下ろした。

「こいつっ」

後ろにいた甲賀者が、藤川義右衛門の人もなげな行動に苛立《いらだ》った。

「抑えろ。指示が来る」

単なる侵入者ならば殺す、物見遊山《ゆさん》で迷子になった者ならば、東海道へ案内する。

ことははっきりしているが、天下が徳川のもとにまとまって百二十年近くになる。面倒だからと殺してしまうのは避けるべきであった。

「おぬしらも座ればどうじゃ。どのくらいかかるかは知らぬが、すぐに指示は返ってこまい」

伊賀は藤林《ふじばやし》、服部《はっとり》、百地《ももち》の三名家によって支配されていた。なにかあったときでも三人ならば結論は早い。意見が割れても二対一で決議はできる。

しかし、甲賀は頭領とされる家柄がやたら多い。甲賀五十三家とか二十一家とかいわれるほどあった。もっとも今ではそれら頭領家のいくつかは、幕府甲賀組として江戸へ移り住んでおり、実際はかなり減っている。それでも集まって協議するとなれば、意見が割れて収拾がつかなくなる可能性は高かった。

「懐に手を入れるが、握り飯を出すだけだ」

座りこんだ藤川義右衛門は、かなり手間取るだろうと考え、弁当を使うことにした。

「ふざけたまねを……」

「落ち着け、誘いに乗るな」

先ほども藤川義右衛門に突っかかりかけた同僚を地侍風の甲賀者が制した。

「しかし、これでは我らが舐《な》められる」

「舐められるくらいは気にするな。罠《わな》にはまるよりましだろうが」

納得のいかない甲賀者を、地侍風の甲賀者がなだめた。

「ちっ」

舌打ちをして甲賀者が引いた。

「喰うか。腹が減っておるから苛立つのだろう」

わざとらしく藤川義右衛門が握り飯を差し出した。

「……白米」

出された握り飯の色に、甲賀者が目を剝《む》いた。

甲賀は伊賀よりましとはいえ、それでも耕作地が有り余っているわけではなく、貧しい。貧しいからこそ、外で金を稼ぐ忍が生まれる。甲賀者が普段口にするのは、よくて五分搗《ごぶづき》玄米であり、ほとんどは稗《ひえ》や粟《あわ》などの雑穀《ざっこく》を混ぜたものであった。

「なんじゃ、白米がめずらしいのか。我らは毎食白い米をたらふく喰っておるぞ」

「悪いが黙って食事してくれ」

さらなる誘いをかけてきた藤川義右衛門に、地侍風の甲賀者がおとなしくしてくれと頼んだ。

「おう、すまなんだの」

藤川義右衛門が詫びて、握り飯に喰らいついた。

「…………」

言われたとおり、黙って喰っているが、その顔は緩《ゆる》んでいる。いかに白米がうまいかを言葉ではなく、様子で藤川義右衛門は見せつけた。

「……ごくっ」

思わず地侍風の甲賀者の喉が鳴った。

「一人で喰うのも気詰まりだな。どうだ、喰わぬか」

そう問いかけながら、返答を聞く前に藤川義右衛門がもう一つの握り飯を地侍風の甲賀者目がけて軽く放った。

「わっとっと」

米の飯を落とすようなまねはできない。これこそ、貧しい地侍風の甲賀者の本能のようなものである。思わず、地侍風の甲賀者は握り飯を受け取ってしまった。

「要らぬ」

地侍風の甲賀者が施しは受けぬと握り飯を返そうとした。

「一個くらいで籠絡《ろうらく》しようなどとは思っておらぬ。そこまで吾は厭《いや》らしくはない」

藤川義右衛門が手を振って拒否した。

「……そうだな。握り飯一個で落とされるほど、拙者も甘くはない」

「であろう」

「いただく」

ほんの少し、握り飯をささげるようにしてから、地侍風の甲賀者がかぶりついた。

「…………」

地侍風の甲賀者の目が大きくなった。

「甘いであろう」

「……ああ」

口のなかの米を慌てて呑みこんだ地侍風の甲賀者が、藤川義右衛門に同意した。

「馳走《ちそう》であった」

握り飯をあっという間に片付けた地侍風の甲賀者が、指に残った味を逃すまいと舐めた。

「…………」

握り飯を喰い終われば、することもない。

郷へ向かった甲賀者の帰還を待つ間、藤川義右衛門はずっと目を閉じたままでいた。

「……来たな」

目を開けた藤川義右衛門がすっと立ちあがった。

「では、行こうか」

藤川義右衛門が地侍風の甲賀者を促した。

「待て、郷の許しが出たかどうかを確かめる」

地侍風の甲賀者が気が早いと、藤川義右衛門を止めた。

「出さぬほど、甲賀の郷を取りまとめている者どもは愚かなのか」

「なにっ」

あきれた風の藤川義右衛門の態度に、地侍風の甲賀者が憤った。

「褒めておるのだぞ。話を聞かねば、なにもわかるまい。ここで拙者を追い返してはなにもわからずじまいになる。それでは甲賀の郷は、いつまで経っても古いままじゃ。それに気づいているだけ、郷の頭《かしら》は聡《さと》い」

「むう」

褒められているのか、貶《けな》されているのかわからない、地侍風の甲賀者が唸《うな》った。

「おい、郷から許しが出た。付いて来るがいい」

近づいてきた甲賀者が結果を告げた。

「ほらの」

甲賀の郷へ入る許可が出ないはずはない。

にやりと藤川義右衛門が口の端をゆがめた。

八代将軍吉宗の機嫌は、悪い状況を続けていた。

「…………」

南町奉行大岡越前守忠相《おおおかえちぜんのかみただすけ》は御休息の間で平伏したまま、顔さえあげられなかった。

「なにをしに来た。躬《み》は朗報以外、耳にしたくはないぞ」

ようやく口を開いた吉宗から辛辣《しんらつ》な言葉が出た。

「お、畏れながら……」

まだ吉宗が紀州徳川藩主だったころ、木材の輸送で紀州藩の杣人《そまびと》と伊勢《いせ》湾の船持ちとがもめた。

山から流した木材が、伊勢湾に停泊している船にぶつかり、傷を与えることが続いたのだ。

「弁済をし、二度と起こらぬよう対策を取れ」

船主たちが杣人を束ねる紀州家御用商人に要求した。

「紀州家御用じゃ」

御用商人が御三家紀州徳川家の威光を背に、これを突っぱねた。

「なにとぞ、お裁きを」

御三家を相手にするのは分《ぶ》が悪いと、船主たちは伊勢湾を管轄《かんかつ》する伊勢山田《やまだ》奉行へ訴え出た。

「たとえ御三家であろうとも、非は非である」

ときの伊勢山田奉行が、大岡越前守であった。

「ほう。使えそうじゃの」

訴追の結果を報された吉宗は、御三家に逆らうことで出世が止まるおそれも気にせず、正々堂々たる判断を下した大岡越前守に興味を持った。

それが大岡越前守の南町奉行への抜擢《ばってき》に繋がった。

「…………」

「言えぬのか」

黙っている大岡越前守に吉宗が業《ごう》を煮やした。

「報告をいたしまする」

意を決した大岡越前守が顔を伏せたままで声を出した。

「市中を騒がせた者どもの潜んでおりましたところを発見いたしましてございまする」

「ほう」

吉宗が目を少し大きくした。

「家捜《やさが》しをいたしましたところ……」

大岡越前守が、詰まった。

「どうしたのだ」

「……床下より、女の死骸が見つかりまして」

「女の……」

吉宗が怒りを声にのせた。

「その家は調べたのだろうな」

「はい。数月前に住人が引っ越し、しばし空き家であったそうで」

問われた大岡越前守が答えた。

「それを廻《まわ》り方《かた》同心は知っていたのか」

「いいえ。定町《じょうまち》廻り同心も縄張りの空き家までは存じておりませず」

大岡越前守が首を横に振った。

「では、そやつらが使っておる御用聞きはどうだ」

「……そこまでは聞いておりませぬ」

重ねての吉宗の質問に、大岡越前守が申しわけなさそうに応じた。

「話にならぬ」

吉宗が首を横に振った。

「たしかに躬の猶孫が攫われたなど、表沙汰にはできぬ」

将軍の係累《けいるい》に災いが及んだ。それは幕府の権威に傷を付けることでもあった。と同時に分家から本家を継いだ吉宗の名前にも傷がつく。やはり枝葉は幹には及ばぬと陰口をたたかれる。

ゆえに紬を攫った者を天下津々浦々へ手配をかけるわけにはいかなかった。

「まったく行方もわからぬのか」

「まことにもって恥じ入りまする」

もう一度訊かれた大岡越前守が蚊の鳴くような声で答えた。

「この一事をもってても御用聞きと申す小者は使いものにならぬとわかる。聞けば、その小者どもは縄張りだとかを勝手に決め、商家や民家から挨拶金だとか、節季《せっき》の礼金だとかを取りあげておるというではないか。江戸の城下は隅々まで徳川家のもの。そこから金を吸い上げるなど、御上《おかみ》を怖れぬ所業《しょぎょう》である」

「畏《おそ》れ入りまする」

大岡越前守はただ縮こまるだけであった。

「厳に命じる。今日より以降、御用聞きなる無頼《ぶらい》を使うこと、まかりならぬ」

「公方さま、それでは人手が足りなくなりまする」

大岡越前守が抗弁した。

「悪とわかっていて使う者と、手が足りぬと苦労する者、どちらを民は頼りにいたす」

「それは……」

吉宗に見おろされた大岡越前守が困惑した。

「与力《よりき》二十五騎、同心百二十人、それぞれの見習、小人《こびと》目付からの手助け、これで足らぬと」

「……………」

言い返せなくなった大岡越前守が沈黙した。

「躬がそなたを町奉行に補したのは、紀州家の名前にもひるまなかった胆力《たんりょく》である。そなたならば、躬の改革がどれほど厳しいものでも、足下《そっか》である江戸の町を揺るがすことなどないと信じたからである」

大きく吉宗が嘆息した。

「申しわけもございませぬ」

「そなたが詫びることではない。ただ、躬に人を見る目がなかっただけ、それだけのことよ」

恐縮した大岡越前守に、吉宗が応じた。

「うっ」

直接怒鳴られるほうがましである。大岡越前守が呻いた。

「下がれ、これ以上、躬を失望させるな」

「……はっ」

うなだれた大岡越前守が御休息の間を後にした。


町奉行は午前中を城中で待機し、将軍、老中ら執政たちからの質問などに備える。その後持参した弁当を芙蓉《ふよう》の間で喫食し、昼八つ（午後二時ごろ）前に下城して町奉行所の役宅へ帰る。

「お戻りなさいませ」

大岡越前守の戻りを内与力《うちよりき》が出迎えた。

内与力は大岡越前守の家臣で、町奉行所役人と大岡越前守の間を取り持つ。世事《せじ》に長《た》けた用人から選ばれることが多い。

「お顔の色が優れませぬが、城中でなにか」

内与力が大岡越前守の様子を見て、怪訝な顔をした。

「田原《たはら》をこれへ」

「筆頭与力ではなく、年番方《ねんばんかた》与力を」

大岡越前守の指示に内与力が首をかしげた。

筆頭与力は、その名前からわかるように町方役人の頂点であり、南町奉行所を実質支配しているといっていい。

対して年番方与力は、町奉行所の内政をおこなう役目で、筆頭与力にはなれなかったが、老練な与力が任じられた。

「年番方にかかわることじゃ」

「ただちに」

主《あるじ》の機嫌が悪いと気付いた内与力が慌てた。

「…………」

一人になった大岡越前守が、唇を嚙んだ。

「旗本の頂点まであと少し、大名にも手が届くというところで……」

大岡越前守は、親戚の罪に連座して、閉門《へいもん》を命じられた過去がある。役人にとってたとえ己の犯した罪でなくとも、罰を与えられたという経歴は出世の妨げとなる。

「将軍はもっと大所高所《たいしょこうしょ》から、天下を見るべきであり、御用聞きなどという些末《さまつ》な問題はお気になさるべきではない」

吉宗への不満を大岡越前守が口にした。

「すべてを監察する惣目付など不要である。水城がどれほどできようとも、一人で幕政全体に目が届くはずもなし……待て」

大岡越前守が己の独《ひと》り言《ごと》に引っかかった。

「公方さまが御用聞きの節季金《せっきがね》のことなどご存じのはずはない」

気になったことを大岡越前守が繰り返した。

「誰が、公方さまに御用聞きのことを……水城の妻か。水城の妻は市井《しせい》の出、しかも口入れ屋の一人娘だという。雑多な者たちと触れあうのだ。御用聞きのことにも詳しくて当然。なにより、娘を公方さまに見せるとして、よく登城している。また、公方さまも水城の妻が来れば、お忙しい間を縫ってでも会われる」

大岡越前守が思案に入った。

「……まさかっ」

しばらくして大岡越前守が声をあげた。

「水城の妻が、公方さまの耳目《じもく》を果たしている……」

大岡越前守がふたたび思案を始めた。

「……それならばすべてのつじつまが合う。今回のくせ者、元御広敷伊賀者組頭であった藤川某が子を狙ったのもわかる。本当の目的は水城の妻。市井の話を公方さまに伝えることで、無頼に堕《お》ちた藤川某たちが動きにくくなる。禄を失い浪人となった忍なぞ、盗賊になるしかない。その盗賊への取り締まりが強くなれば……藤川らの居場所は……」

己の考えに大岡越前守が耽《ふけ》った。

「なればこそ、公方さまはこれだけしつこく藤川らの行方を追われる。表沙汰にできないのなら、放っておけばいい。母子が無事だったのだ。なにもせぬことこそ、騒動を収める最良の手のはず。将軍の猶孫は掠われてもいない、義理の娘も狙われていない。すべてなかったこととすればすむ。後は二度とこのようなことが起こらぬように、義理娘と猶孫を大奥で保護する、あるいは庭之者《にわのもの》を陰の警固《けいご》として……」

そこで大岡越前守が息を呑んだ。

「なぜ、公方さまは市井のことを気になさる。公方さまの願いは幕政改革、民がかかわることはあまりない。なのに御用聞きの禁止……禁止すればどうなる。町奉行所の手が足りなくなる。だけではない。切り捨てられた御用聞きたちが無頼になる」

もともと御用聞きは、地回りや顔役が十手《じって》欲しさになる。御上の後ろ盾《だて》を得て、縄張り内で好き放題したいからである。でなければすずめの涙ていどのお手当金で手下を雇い、与力や同心に尽くすはずはなかった。

「お呼びでございますか」

内与力に連れられた年番方与力が顔を出した。

「御用聞きを排すれば……江戸の治安はより悪くなる。そうだな」

「えっ……は、はい」

いきなり問いかけられた年番方与力が戸惑いながらも首肯した。

「江戸の治安が悪くなれば、その責は町奉行に帰する」

「…………」

大岡越前守の言葉を理解できなかった年番方与力が啞然とした。

「……近《ちこ》う寄れ」

廊下にいる年番方与力を大岡越前守が手招きした。

第二章　慣例と悪癖

一

大奥が表である執政衆《しっせいしゅう》に強気でいられたのは、将軍家の世子を握っていたからであった。

世子がいなくとも御台所、あるいはお部屋さま、側室たちをその手中に収めている。言いかたは悪いが、将軍の家族を人質に取っているようなものである。

とくに最後まで表へ居住を移さず、ずっと大奥で起居していた七代将軍家継の御世は、大奥の横暴極まれりであった。

その悪癖を、悪習を断ち切ろうと八代将軍となった吉宗は、大奥へも改革の手を入れた。

しかし、将軍の命にも大奥は従わなかった。

「紀州の山猿ごときが、図にのりおって」

大奥には当時、六代将軍の御台所、七代将軍の生母がいた。

そのどちらも御三家から本家を継いだ吉宗を将軍と認めていなかった。もっとも、己こそ大奥の支配者と自負する御台所天英院《てんえいいん》、七代将軍家継生母月光院《げっこういん》である。片方が吉宗を将軍にさせまいとするならば、もう一人はその反対をする。

この分裂も吉宗が将軍となるまでで、改革が始まると大奥の既得権益を奪われまいと、揃って抵抗し出した。

「相手をしている暇はない」

幕府百年の計を図る吉宗の改革は、大奥だけではなく政全部に及ぶ。大奥の相手だけをしているわけにはいかない。

「大奥を抑えろ」

吉宗は聡四郎を御広敷用人に抜擢した。

御広敷用人というのは、御側御用取次《おそばごようとりつぎ》同様、吉宗が創設した役目で、大奥の用向き全部を担う。

その後、紆余曲折《うよきょくせつ》を経て、天英院が吉宗に屈し、聡四郎は御広敷用人を辞め、少しの休息の後、道中奉行副役に転じ、さらに復活した惣目付へと就任した。

「うるさいのがいなくなった」

喉元過ぎれば熱さ忘れるではないが、大奥がまたぞろ蠢《うごめ》き始めた。

「締めてこい」

それに気づいた吉宗が、聡四郎に大奥の監察を命じた。

「公方さまを甘く見すぎじゃ」

聡四郎はあきれた。

吉宗は果断《かだん》、厳格を体現したような将軍である。ましてや、根本が腐りかけている幕府を立て直すことこそ吾が使命と日々邁進《まいしん》している。

「一気に抑えつけようとしても無理だろうな」

「無理ですな」

聡四郎の問いに、太田彦左衛門が苦笑した。

太田彦左衛門は、聡四郎が初役勘定吟味役のときに補佐してくれた老練な役人であった。

聡四郎が勘定吟味役から離れるに合わせて、家督を養子に譲って隠居した。

「助《す》けてくれぬか」

その太田彦左衛門を聡四郎が引っ張り出した。

「水城さまとまたお仕事ができるとは」

太田彦左衛門も喜んで出仕《しゅっし》してくれた。

「楽になった」

役人には書類仕事が付きものである。もともと四男坊で家を継ぐ予定のなかった聡四郎は、そういった技能を身につけていなかった。

「大奥はおとなしく従うかの」

「ご存じでございましょう」

訊いた聡四郎に、太田彦左衛門が苦い笑いを浮かべた。

「やはりか」

聡四郎も笑った。

大奥は女の園であり、将軍以外の男は基本として出入りが禁じられていた。もっとも、例外はある。将軍家、その家族の病を診る医者、荷物を運ぶ小者、庭木の手入れをする職人などは、男でも出入りしている。

医者は頭を丸めていることからもわかるように、坊主と同じ扱いを受ける。坊主となれば、女人近くにいても問題にはならない。

また、小者や職人は身分低き者であり、将軍の近くに侍《はべ》る大奥女中たちからしてみれば、身分違いで、男はもとより、人扱いされない。

それが旗本、大名となれば、大奥へ入るだけで疑われる。

大奥では将軍以外は男であってはならないのだ。そうでなければ、大奥のなかで生まれた子供の血筋に疑義が生じる。

幕府の頂点たる将軍は、同時に徳川本家の当主でもある。その当主に徳川家康《いえやす》の血が流れていないとなれば、大名への抑えはなくなり、旗本の忠誠は向けどころを失って、宙に浮く。

「大奥は男子禁制である」

これらの事情もあり、目付も大奥への手出しができなかった。

「どこを調べれば、大奥の裏が見えましょう」

聡四郎が太田彦左衛門に問うた。

「やはりわかりやすいのは、金でございましょう」

「金か」

太田彦左衛門の答えに、聡四郎が頬をゆがめた。

「勘定方が手を貸してくれるかの」

聡四郎の危惧《きぐ》はそこにあった。

もともと水城の家は、代々勘定方を輩出する役方旗本であった。

「吾《われ》に従え」

兄の急死によって家督を継いだが、まだ役目に就いておらず役人の保身に染まっていなかった。聡四郎に新井白石《あらいはくせき》が目を付け、勘定吟味役に抜擢した。

「荻原近江守《おぎわらおうみのかみ》の悪事を探れ」

新井白石は、そのころ勘定方を吾がものとして牛耳《ぎゅうじ》っていた荻原近江守を排除する先兵として聡四郎を選んだ。これは聡四郎がまだ勘定方の悪癖に染まっていなかったからであった。

しかし、これは勘定方にとって、裏切りでしかなかった。

勘定吟味役から勘定奉行となった荻原近江守重秀《しげひで》は、五代将軍綱吉《つなよし》の寵臣柳沢《ちょうしんやなぎさわ》美濃守吉保《みののかみよしやす》、豪商紀伊国屋文左衛門《きのくにやぶんざえもん》らと手を組み、幕政も壟断《ろうだん》できるだけの力を持つにいたった。

当然、勘定方に対する影響力は絶大なものとなり、荻原近江守に従わない者は退職や異動させられた。

結果、勘定方は荻原近江守の牙城となった。

そこへ、新井白石という荻原近江守の天敵ともいうべき六代将軍家宣の腹心によって、聡四郎が送りこまれた。

新井白石の目的は荻原近江守の排除だとわかっている。その走狗《そうく》としてやってきた聡四郎を勘定方が受け入れるはずはなかった。

そのとき勘定方で唯一聡四郎の味方をしてくれたのが、勘定吟味改《あらためやく》役として赴《ふ》任《にん》してきた太田彦左衛門であった。

太田彦左衛門も荻原近江守の被害者であった。金座《きんざ》常役を務めていた太田彦左衛門の一人娘の婿が、荻原近江守の小判改鋳《かいちゅう》に反対し、変死した。

さらに一人娘も身体を壊し、夫の後を追うように死んだ。

「わたくしには、もうなにも守るものはございませぬ」

二十年以上勘定方で活躍した老練な役人が、荻原近江守への復讐とばかりに聡四郎に与《くみ》してくれた。

おかげで聡四郎はなんとか役目を果たせた。

将軍が家宣、家継、吉宗へと代わって、聡四郎は勘定方を離れた。

だが、慣れこそ職務を遂行するための技である勘定方は、将軍の代替わりがあろうとも入れ替えは少なく、その多くは聡四郎が勘定吟味役を務めていたころの面々である。

「勘定方を売って、あやつだけ出世した」

「算盤も持てなかった余り者が、今や一千五百石とは」

勘定方が聡四郎のことを忘れるはずもない。

「台命《たいめい》である」

吉宗の指図だと言ったところで、

「承りました」

「資料を探さなければなりませぬ。しばしのご猶予を」

小役人は面従腹背を得意とする。

命令を拒否すれば、よくて罷免《ひめん》、悪ければ切腹になる。されど遅れるぶんには咎められない。せいぜい叱りおくくらいなのだ。

こうして小役人たちはときを稼ぎ、その間に都合の悪い資料を破棄、隠蔽《いんぺい》する。

いや、手間をかければ、将軍に万一があって、命自体が取り消されることもありえる。

「一応、筋を通しておくか」

「それがよろしいかと」

聡四郎の言葉に太田彦左衛門が首肯した。

「役人は、己の範疇《はんちゆう》に手出しをされることを嫌いまする。ましてや無断でとなると、頑《かたく》なに抵抗するでしょう」

「うむ」

太田彦左衛門の助言に聡四郎がうなずいた。

「行って参る」

聡四郎は梅《うめ》の間を出た。

梅の間は御休息の間に近い。比して勘定方の詰め所である上勘定所《かみのかんじようしよ》は出入りする役人が多いことや、闕所物《けつしよもの》奉行から勘定奉行へ納められる入れ札の金を受け取る都合上、江戸城役人の出入口である中《なか》の口《くち》御門の近くにある。

ほぼ江戸城の表御殿を横断する形で、聡四郎は上勘定所へと向かった。

「惣目付水城右衛門大尉《うえもんだいじよう》である。勘定頭《がしら》どのにお目にかかりたい」

勘定所は許しなく余人の出入りが禁じられている。

聡四郎は上勘定所の前の廊下で控えているお城坊主に用件を告げた。

「惣目付さま……しばし、お待ちを」

お城坊主が襖を開けて、茶の用意や墨を磨《す》るなどの雑用をこなすため、勘定所のなかで待機している別のお城坊主に聡四郎の要望を伝えた。

お城坊主はなにをするにも心付けを求める。一応役目なので、要求には応えてくれるが、心付けを渡さないと後回しにされたり、不完全な形で終わらせられる。薄禄のお城坊主にとって、心付けこそ生きる糧《かて》であり、幕府も悪習だとわかっていながら見て見ぬ振りをしている。

だが、そのお城坊主が決して心付けを欲しがらないのが目付であった。

「吾に賄《まいない》を出せと」

旗本とも御家人ともいえないお城坊主も幕府の役人には違いない。目付を敵に回せば、家が潰れる。

お城坊主も目付相手には無料であった。

「惣目付どのだと。この忙しいおりに」

文句を言いながら、勘定頭《がしら》が顔を出した。

かつて勘定頭は、勘定奉行の別称であった。しかし、勘定奉行が三奉行の一人として地位を確立させた結果、その下役であった勘定組頭がそう呼ばれるようになった。もちろん僭称《せんしょう》なのだが、なんといっても金がものを言う時代である。また、その称号も勘定所内だけで収まっていることもあり、咎め立てるほどのものではないとして、見逃されていた。

「勘定頭どのか」

「……水城」

不満そうな顔をしていた勘定組頭が、聡四郎に声をかけられて気づいた。聡四郎が勘定吟味役をしていたころも勘定組頭をしていた顔見知りであった。

「惣目付水城右衛門大尉じゃ」

聡四郎が威丈高《いたけだか》に役目をひけらかした。

「……これはご無礼を」

勘定組頭が頭《こうべ》を垂れた。

「そなた名は」

もちろん知っているが、役儀《やくぎ》にかかわることだけに、聡四郎はけじめを求めた。

勘定組頭は目見得《めみえ》以上で定員は十二人である。そのうち四人が上方《かみがた》担当、さらに四人が関東担当、二人が農政を管轄した。江戸城内の入り向き、徳川家の内向きは残り二人がおこなっている。まさに多忙を絵に描いたような激務であった。

「勘定組頭川並津ノ介《かわなみつのすけ》でございまする」

「川並じゃな。覚えた」

「…………」

川並と名乗った勘定組頭が、名前を覚えたと釘を刺され、嫌そうな顔をした。

「御用中でございますれば、ご用件をお伺いいたしたく」

さっさと何用かを語れと川並が訊いた。

「大奥の費《つい》えについてじゃ」

「……大奥でございますか」

さらに嫌そうに川並が顔をゆがめた。

大奥は女の城で表にはかかわりないとなっているが、これは表向きであった。

そもそも大奥はその成り立ちから表と密接な関係を持っていた。三代将軍家光の御世、それまで出入り自由であった江戸城の奥向きを隔離するため、乳母春日局《めのとかすがのつぼね》によって大奥は作られた。

「ふん」

家光にとって、愛情を弟忠長《ただなが》だけに向け、少しも気遣ってくれない実母お江与《えよ》の方《かた》は親ではなかった。

「大事になされませ」

家光が風邪を引いたら、つきっきりで看病してくれる春日局こそ、母親であった。

「奥向きをお任せくださいませ」

「好きにするがいい」

春日局の願いを家光は拒まない。

「お乳母さま」

さらに家光の寵臣、松平伊豆守信綱《まつだいらいずのかみのぶつな》、阿部豊後守忠秋《あべぶんごのかみただあき》、堀田加賀守正盛《ほったかがのかみまさもり》など、老中になった者たちも、小姓《こしょう》をしていたころから春日局の薫陶《くんとう》を受けている。

「大奥に長局《ながつぼね》を造りたい」

「女中を増やしたい」

春日局の願いは、

「お心のままに」

老中たちが望み通りにする。

これが前例になった。

大奥の総取締役である上臈《じょうろう》は、用があるときは老中と会議する。つまり上臈は老中と同じ格式の扱いとなった。

当然、表の役人も上臈の意思には、一定の配慮をしなければならなくなった。

「月光院さまは、大奥を近々出られると聞きましたが」

川並津ノ介が怪訝《けげん》な顔をした。

いち早く天英院は吉宗に膝を屈し、大奥での生活を保障された。対して、月光院は吉宗に和解を求めることさえしなかった。

結果、月光院は大奥を出て、江戸城内の吹上《ふきあげ》御殿へ移ることになった。

「うむ」

聡四郎がうなずいた。

「なれば、大奥の費えも減りましょう。月光院さま付きだった女中たちもお宿下《やどさ》がりとなりましょうし」

川並が今さら、なにを気にするのかと尋ねた。

「そなた、吾が御広敷用人をしていたことを知っておろうが」

「…………」

睨みつけた聡四郎に川並が黙った。

「大奥は天英院さま、月光院さまだけではない。もう一つ大きな勢力がある。まさか、それに気付いておらぬと言うのではなかろうな。そうならば、そなたは勘定組頭にふさわしくないと公方さまにお伝えすることになる」

「……京から来られた方々」

厳しい聡四郎に川並が降参した。

大奥には、京の公家から礼法指南という名目で、公家の娘が送りこまれていた。御三家とまではいかないが、名家格《めいかけ》や大臣家格《だいじんけ》の姫が上臈として大奥で君臨している。実家が従二位《じゅにい》、あるいは三位《さんみ》と位階《いかい》は高いが、家禄は千石あればましといったあたりで、あまり裕福な生活を送ってはいない。それが江戸城内では老中格扱いを受け、周囲から気を遣われる。衣食住も実家とは大きく違い、贅沢《ぜいたく》も出来る。ようは、金遣いが荒くなるのだ。

「月光院さまをお移ししても、京の連中がそのままならば、大奥の倹約はなるまい」

「勘定方にそれを見張れと」

「これは台命である」

大奥を敵にすることを避けたがる川並に、聡四郎が宣告した。

二

吉宗の呼び出しに目付衆が応じた。

「お召しにより、参集いたしましてございまする」

当番目付が御休息の間下段、襖際へ腰を下ろして頭を垂れた。

「少し手間取ったの。口裏合わせでもしていたのか」

吉宗が目付を嘲《あざけ》った。

「…………」

黙っているのが、こういうときの最善手である。目付全員が口を閉じた。

「ほう、目付とは見識《けんしき》のあるものじゃの。将軍の問いにも答えぬか」

「答えをお求めとは思いませず」

当番目付が頭を下げた。

「で、答えは」

謝罪を受け取ったとも言わずに、吉宗が再度問うた。

「口裏合わせ……」

「心して答えよ」

「どういうことで……」

口を開いた当番目付を吉宗が遮《さえぎ》った。

「…………」

戸惑った当番目付に、吉宗が扇子の先で天井を指した。

「天井が……あっ」

怪訝な顔をしかけた当番目付が、顔色を変えた。

「御広敷伊賀者……」

「なっ」

「まさか」

当番目付が漏らした役名に、他の目付たちも気付いた。

「江戸城内で、躬の耳目が届かぬ場所はないと知れ」

「……」

言われた当番目付が、息を吞んだ。

「正邪《せいじや》を糺《ただ》す目付が、将軍に偽りを告げたなどありえぬの。もし、偽りであればどうなると思う。主たる躬を欺《だま》したのだ。そのような輩は徳川に不要」

「召し放たれると仰せでございまするか」

「躬の問いには応じず、己の問いの答えは要求するとは、不見識も甚だしい」

尋ねた当番目付を吉宗が一蹴した。

「まずは躬が訊いたことへの返事が先であろう」

「…………」

当番目付がちらと同僚たちを見た。

「…………」

目を向けられた同僚のほとんどが、顔を背けた。

「……口裏合わせではなく、公方さまのご用件について思い当たる節はないかとの確認をいたしましてございまする」

大きく息を吐いて、当番目付が話した。

「…………」

無言で吉宗が当番目付を見つめた。

「公方さま……」

当番目付が居心地の悪そうな顔をした。

「他の目付どもに問う。この者の申すとおりであったのだな」

吉宗が目を当番目付から、居並ぶ目付たちへと移した。

「まちがいございませぬ」

「さようでございまする」

「…………」

一人を除いて、八人の目付が同意した。

「そなた、名は」

黙っていた目付に吉宗が尋ねた。

「畏れ入りまする。目付花岡《はなおか》でございまする」

沈黙していた目付が名乗った。

「花岡か。では、そなたを残して、他の者は下がれ」

「お、お待ちを」

手を振った吉宗に当番目付が焦った。

「なんじゃ」

うるさそうに吉宗が当番目付を睨んだ。

「め、目付として、公方さまにお報せせねばならぬことがございまする」

威に圧せられながらも、当番目付が言い切った。

「目付として……なんであるか」

吉宗が当番目付に発言を促した。

「惣目付水城右衛門大尉が、大奥へ侵入したのみならず、刃を抜いて黒鍬者《くろくわもの》を屠《ほふ》りましてございまする。これは決して許されざること。役目を免じたうえ、閉門蟄居《ちっきょ》をさせ、その間に水城を厳格に取り調べ、その咎を明らかにいたすべしと存じまする」

当番目付が滔々《とうとう》と言った。

「不要である」

それを吉宗は手の一振りで終わらせた。

「公方さま、いかに寵臣といえども法度《はっと》に従わせなければなりませぬ」

「躬はなんじゃ」

抗議した当番目付に吉宗が問いかけた。

「……征夷大将軍《せいいたいしょうぐん》であらせられまする」

「征夷大将軍は、なんだ」

「天下人《てんかびと》でございまする」

「そうじゃ。この天下はすべて躬のものである。その躬が要らぬと決めたことを、そなたは認めぬと」

「それとこれとは話が違いまする。天下の基礎は法度でございまする。法度があればこそ、人はそれに従い、安寧《あんねい》が維持されまする」

吉宗の言葉に当番目付が反論した。

「法度こそ、政の心柱《しんばしら》だと申すのだな」

「はい」

確かめた吉宗に当番目付が首を縦に振った。

「今まで、法度が枉《ま》げられたことは」

「ございませぬ」

当番目付が断言した。

「法度こそ政の中心であり、今まで恣意《しい》に枉げられたことはない。ならばなぜ、幕府に金がない」

「えっ……」

「どうして大奥が表に口出しをする」

「それは……」

「目付が大目付の範疇《はんちゅう》である大名の監察をするのは、どうじゃ」

「や、やむを得ないことでございまする。かつて大目付が大名どもを締め付け、多くの家を取り潰したことで、巷《ちまた》に浪人が溢《あふ》れ、慶安の役が起こりましてございまする」

慶安の役とは、軍学者由井正雪《ゆいしょうせつ》が、天下の浪人を糾合《きゅうごう》して幕府打倒を狙った大事件であった。幸い、訴人《そにん》があり、ことが起こる寸前に町奉行、火付盗賊改方《ひつけとうぞくあらためかた》、大番組《おおばんぐみ》などが動き、未然に防いだ。とはいえ、豊臣《とよとみ》家を滅ぼし、天草《あまくさ》の乱《らん》を収めて油断していた幕府の心胆《しんたん》を寒《さむ》からしめるできごとであった。

結果、大目付は大名の監察から遠慮させられ、その実務は目付へと譲られた。

「法度だというならば、目付に大目付の任務を預けるという書付《かきつけ》があるはずじゃ。遠江守《とおとうみのかみ》、奥右筆《おくゆうひつ》部屋へ行き、調べて参れ」

「ただちに」

御休息の間下段の最上座になる上段の間襖際に控えていた御側御用取次加納《かのう》遠江守が立ちあがった。

「書きものはございませぬ」

当番目付が加納遠江守を制した。

「書きものがないだと……それでは根拠にならぬ」

「四代将軍家綱《いえつな》公のお指図でございまする」

「その証《あかし》を出せと申しておるのだ」

「それは……」

「遠江守、もし、幕府が発したものならば奥右筆部屋に記録があるはずである」

「はっ」

今度は止められることなく、加納遠江守は御休息の間を出ていった。

「公方さま」

「遠江守が戻るまで待て」

話を続けようとした当番目付を吉宗が制した。

「水城は大奥で刀を抜いたのでございますぞ。殿中で鯉口《こいぐち》を切るのは大罪。その身は切腹、家は改易《かいえき》と決まっておりまする」

吉宗の言葉を無視して当番目付が口を開いた。

「殿中で刀を抜けば大罪か。おもしろいことを言う」

「おもしろいではございませぬ。これは公方さまの御身を守るための決まり」

口の端を吊りあげて笑った吉宗に当番目付が言いつのった。

「だそうじゃぞ、小姓どもよ」

吉宗が当番目付ではなく、御休息の間襖外に控えている小姓組頭に話しかけた。

「愚かな」

小姓組頭が当番目付を冷たい目で見た。

「なんじゃ、その目つきは」

当番目付が怒った。

身分でいけば、小姓組頭が目付よりもはるかに上になる。ただ、監察という役目上、目付はすべての大名、旗本を呼び捨てにする。それだけ目付の見識は高かった。

「我ら小姓をなんと心得る。小姓は公方さま最後の砦《とりで》、盾であり矛《ほこ》でもある」

「……………」

ここで気づかぬようでは目付という俊英《しゅんえい》中の俊英が選ばれる役目が務まるはずもない。当番目付が息を呑んだ。

「なぜ我らが公方さまの御側近くにあって、差し添えを帯びることが許されているかわかっておらぬようじゃの。ふん、他人の粗さがしばかりしておるから、旗本として絶対に守らなければならぬものが見えなくなるのだ」

小姓組頭が当番目付を嘲った。

「……………」

当番目付が黙って罵倒《ばとう》を聞いた。

「胡乱《うろん》な者が公方さまに近づいたとき、我らがそれを防ぐ。まさか、曲者《くせもの》が得物《えもの》を手にしておるのに、我ら小姓は素手で戦えと」

「わかり申した」

当番目付が小姓組頭へ掌《てのひら》を向けて、そこまでにしてくれと暗に頼んだ。

監察はまちがえることが許されなかった。目付もまちがえるとなれば、監察の権威は墜ちる。墜ちてしまえば、誰も目付のいうことを聞かなくなる。

「詫びておらぬぞ、それでは」

吉宗が当番目付に謝れと命じた。

「できませぬ。監察は頭を下げてはならぬのでございまする」

当番目付が拒否した。

「誰ぞ、水城右衛門大尉をこれへ」

「わたくしが」

小姓の一人が急いで駆けだした。

「あっ……」

止めようとした当番目付の声も間に合わぬほどの速さであった。

「戻りましてございまする」

まず加納遠江守が御休息の間に帰ってきた。

「わたくしの伝言では目付どもが満足せぬと思いましたゆえ、奥右筆組頭を伴って参りました」

「奥右筆組頭、二戸稲大夫《にへとうだゆう》めにございまする。公方さまにおかれましては、ご機嫌うるわしく恐悦至極《きょうえつしごく》に存じまする」

二戸稲大夫が平伏した。

「うむ。そなたに問いたいことがあるゆえ、遠江守を遣わした」

「なんなりとお申し付けくださいませ」

吉宗に言われた二戸稲大夫が応じた。

「目付に大名監察の権を与えるとした記録はあるか」

「ございませぬ」

考えることなく二戸稲大夫が返答した。

「そなた、調べもせずになにを申すか」

当番目付が思わず、声をあげた。

「刑部津ノ介。二百石取り川瀬《かわせ》家の嫡男として生まれ、十七歳で家督を継ぎ、大御番《おおごばん》、先手組《さきてぐみ》、書院番士《しょいんばんし》を経て、八年前に目付に推挙、就任。正室は五百石戸谷玄蕃《とやげんば》の次女恵《けい》。屋敷は市ケ谷二番町《いちがやにばんちょう》」

すらすらと二戸稲大夫が当番目付の経歴を述べた。

「な、なっ」

当番目付刑部津ノ介が絶句した。

「さすがじゃの」

「いえ、これくらいのことができずば、奥右筆は務まりませぬ」

吉宗の称賛に二戸稲大夫が謙遜《けんそん》した。

奥右筆は老中の下問《かもん》に答えなければならないため、幕初から発布されてきた法度すべてを覚えていなければならない。

「それでしたら、五代さまのおりに一度出されておりまする」

「松平周防守《まつだいらすおうのかみ》さまが、却下なされたものと同じかと」

上役というのはわがままなものである。求めてすぐに答えが返ってこなければ、機嫌が悪くなる。

「持ち帰って……」

「しばし、お待ちを。書庫を見て参りまする」

問いに対し、奥右筆が即答できなければ、

「役立たず」

「政は寸刻を争うものじゃ。一々調べてなどおられるか」

老中が叱る。

「そのようなことで、奥右筆が務まるか。辞めよ」

あっさりと免職される。

もとより奥右筆は役方のなかでも優秀な人物が表右筆《おもてゆうひつ》になったのち、研鑽《けんさん》を重ねて出世していく顕官《けんかん》である。町奉行や留守居《るすい》になれるような名門でない旗本としては、最高位といってよく、その余得もすさまじい。なにせ幕政から、大名、旗本の出世、家督の継承まで掌握している。

「認められませぬ」

奥右筆が首を縦に振らなければ、家督相続はできないし、役目への推挙でも待ったがかかる。

「いささか問題が……」

下手をすれば家が潰れてしまう。

「よしなに」

「挨拶の品でござる」

なにか願いごとのある大名、旗本は奥右筆への付け届けを惜しまない。

その金額は、幕府の役人のなかでも群を抜く。

それだけに後釜《あとがま》を狙う者も山のようにいる。そやつらの手が届くことのないよう、現役の奥右筆は有能さを絶えず見せ続けねばならない。

　奥右筆は努力の役目でもあった。

「二戸、躬が言うことを記録いたせ」

「はっ」

忘れずに懐に入れている冊子と、懐中墨壺《すみつぼ》、筆入れを二戸稲大夫が取り出した。

「大名への監察は、惣目付の役目といたす」

「承りました」

吉宗の言葉を二戸稲大夫が記録した。

「お待ちをくださいませ」

刑部津ノ介が焦りを浮かべながら、口を挟んだ。

「不足か」

低い声を吉宗が出した。

「公方さまのお指図に否やを唱えるつもりはございませぬ。ですが、無理をお諫《いさ》めするのも家臣の役目」

「ほう、そなたが躬に諫言《かんげん》をなすと」

おもしろそうに吉宗が応じた。

「許す。躬を説得してみせよ」

吉宗が刑部津ノ介に許可を出した。

「明文はなされておらぬかも知れませぬが、四代家綱さま以来、代々目付が大名も監察して参りました。前例でございますし、我らも手慣れておりまする。それに比して惣目付はまだ任じられて一月《ひとつき》も経っておりませぬ。まともにお役目ができるとは思えませせぬ」

「なるほど。たしかに一聞に値するの」

刑部津ノ介の話に吉宗がうなずいた。

「では……」

「だがならぬ」

期待を眼に宿した刑部津ノ介へ吉宗が冷徹な一刀を喰らわせた。

「な、なぜでございましょう」

「代々続けてくれれば前例となる。それを許してはならぬ。先祖代々の盗賊をそなたは仕事として認めるのか」

愕然《がくぜん》とした刑部津ノ介に吉宗が告げた。

「お、仰せの通りではございまするが、惣目付が不慣れなのも事実でございまする。

公方さまが、幕政に手をお入れになろうとしておられるときに、大名どもの監察が滞《とどこお》るなどあってはなりませぬ」

刑部津ノ介が必死の形相で上申《じょうしん》した。

「ふむ。それはそうじゃな」

吉宗が刑部津ノ介の意見を認めた。

「では、いかがでございましょうか。あらためて我ら目付に、大名監察の権をお与えくだされば……」

「だから、それはならぬと言ったはずじゃ。まちがった慣例を追認するのは、改革に逆行することである」

「…………」

きっぱりと拒まれた刑部津ノ介が沈黙した。

「そもそも昨今大名の監察をいたしたのか」

「……いえ」

刑部津ノ介ではなく、花岡琢磨《たくま》が回答した。

「やはりの」

「花岡っ」

吉宗が納得し、刑部津ノ介がそれ以上は言うなと口止めした。

「公方さま、水城が参りましてございまする」

小姓から聡四郎の到着を聞かされた加納遠江守が口を挟んだ。

三

吉宗の呼び出しは、なによりも優先しなければならない。勘定方との遣《や》り取りを太田彦左衛門に説明している途中だったが、聡四郎は急ぎ御休息の間へ出仕した。

「お召しと伺いました」

「忙しかったか」

平伏する聡四郎を吉宗が気遣った。

「なん……」

「公方さまが……」

主従とは思えぬ有様《ありさま》に目付たちの顔色が変わった。

吉宗の厳格さは天下に知れ渡っている。将軍になったばかりのころ、吉宗は言うことを聞かない老中を罷免《ひめん》し、分家から入ったという引け目を一蹴した。

その吉宗が、聡四郎に甘いところを見せた。

「いえ、お呼びこそ大事でございまする」

聡四郎にしてみれば、吉宗が柔らかい対応をいつも紅にしているのを見ているだけに、不思議でもなんでもない。吉宗に合わせて応じた。

「そなたは惣目付の役目が何かわかっておるな」

吉宗に問われた聡四郎が、ちらと目付たちに目を向けた。

「存じております る。惣目付はその名前のとおり、幕府にかかわるすべてを監察する」

聡四郎が答えた。

「そうである。大名どももそのなかに含まれると存じおるな」

「はい。かつての大目付がいたした大名目付も惣目付が担うべき御役でございまする」

念を押した吉宗に聡四郎が首肯した。

「刑部、聞いたの」

吉宗が刑部津ノ介を見た。

「……はい」

「わかればよい」

うつむいた刑部津ノ介に吉宗が満足げに首を縦に振った。

「なれど、公方さま。惣目付が大奥で犯した罪については、我ら目付の担当でございまする」

「それについては理解している。聡四郎は旗本であれば、目付の監察を受ける」

吉宗が理解した。

「では、訴追《そつい》をいたしても」

「訴追の前に調べが要ろう。罪を押し被せるようなまねは躬がさせぬ。この場でいたせ」

伺いを立てた刑部津ノ介に吉宗が告げた。

「御諚《ごじょう》、承知いたしましてございまする」

つまりは目付の得意技である密室での圧迫取調を吉宗は止めた。

刑部津ノ介が承諾した。嫌だと言えば聡四郎を調べることはできなくなる。

「役儀なれば、言葉遣いをあらためる」

刑部津ノ介がそう言い、花岡琢磨以外が聡四郎の方へと向きを変え、姿勢を正した。

「そなた先日大奥へ立ち入ったというのは、真《まこと》であるか」

まず刑部津ノ介が男子禁制の大奥へ聡四郎が足を踏み入れたことを確認した。

「真である」

聡四郎はすんなりと認めた。

「罪を認めるのだな」

「……罪とはなにがじゃ」

確定しようとした刑部津ノ介に聡四郎は首をかしげた。

「なにを。大奥への男子立ち入りは禁じられておる。立ち入った者はすべからく死罪と決まっておる」

かつて大奥の樹木の剪定《せんてい》に雇われて、疲れからか庭で寝込み、一夜を思わずして過ごした植木職人がいた。当然、翌朝に捕縛《ほばく》されて、事情を訊かれた後、島流しになった。これは情状酌量《じょうじょうしゃくりょう》と町人であることで罪一等を減じたものであり、旗本や御家人などとは話が違う。旗本、御家人、幕府へ仕える小者などの場合は、切腹も許されない死罪となる。

「不勉強であるぞ」

宣告するような刑部津ノ介に聡四郎があきれた。

「目付に不勉強とは、なにごとであるか」

刑部津ノ介が怒った。

「大奥が男子禁制だとどこに記載がある」

「…………」

聡四郎に指摘された刑部津ノ介が啞然とした。

「二戸」

吉宗が奥右筆組頭二戸稲大夫に問うた。

「明文とはなっておりませぬ。ですが、将軍家の正統性を担保するために、大奥へ男子が入りこむのはよろしくないかと存じまする」

二戸稲大夫が答えた。

「よろしくないぞ」

尻馬に乗って刑部津ノ介が騒いだ。

「では、奥医師《おくいし》、黒鍬者、御広敷伊賀者も咎めるのであるな」

これらは所用があって大奥へ出入りしている。聡四郎が問うた。

「なにをいうか。これらは皆役目によって出入りしておるだけ。また身分低く、咎めるに値せぬ」

ものの数ではないと刑部津ノ介が嗤《わら》った。

「はあ」

それを聞いた吉宗が嘆息した。

「愚かにもほどがあるわ。刑部、ものの数ではない黒鍬者たちは、どうやって子をなしている。まさか、手を握れば出来るなどと思っているのではなかろうな。人は貴賤《きせん》にかかわりなく、男女がまぐわうことで子を産み、繁栄してきた。つまり、ものの数でない者でも男ならば、大奥の女を孕《はら》ますことはできる」

「小者風情《ふぜい》がそのような恐ろしいことをいたすわけがございませぬ」

吉宗の言いぶんに刑部津ノ介が首を左右に振った。

「まこと愚かなり。戯言《ざれごと》を聞いているのも苦痛である。刑部津ノ介、目付の任をこの場で今解く。屋敷に戻って謹慎しておれ」

堪忍袋《かんにんぶくろ》の緒《お》が切れた吉宗が、犬を追うように手を振った。

「いかに公方さまといえども、理不尽は通りませせぬ」

刑部津ノ介が吉宗に反論した。

「つまみ出せ」

「はっ」

小姓ではなく、聡四郎が膝でするすると刑部津ノ介に近づき、その右肩を摑んだ。

「無礼であるぞ」

刑部津ノ介が聡四郎の手を払おうとした。

「御前ぞ」

一刀で兜《かぶと》を割る一放流を長く続けてきた聡四郎の握力は、他人の比するところにはない。暴れようとした刑部津ノ介の肩を聡四郎は力一杯摑んだ。

「ぐあああ」

刑部津ノ介が痛みにより身体をひねろうとした。

「黙らせろ」

将軍の前でその意に逆らう。旗本として許される行為ではなかった。吉宗が聡四郎に命じた。

「はっ」

うなずいた聡四郎は刑部津ノ介のみぞおちに当て身を喰らわせた。

「ぐっ」

肺の空気を無理矢理出させられた刑部津ノ介が気を失った。

「きさまっ」

「よくも刑部を」

目付のなかから聡四郎に迫る者がいた。

「鎮まれっ。ここをどこと心得るか」

加納遠江守が声をあげた。

「あっ」

「…………」

いきり立った目付たちが、我に返った。

「花岡」

「はっ」

吉宗に呼ばれた花岡琢磨が両手を突いて背筋を伸ばした。

「躬の指図に従わなかったうえ、目の前で暴れおった。あらためてその愚か者の処断を言い渡す」

「承りまする」

花岡琢磨が応じた。

「刑部津ノ介、その言動、躬の意に沿わず。よって徳川家より放逐《ほうちく》いたす」

「ははっ。そのように」

吉宗の裁決を花岡琢磨は受け取った。

「記録いたしまする」

旗本の進退の記録も奥右筆の仕事である。二戸稲大夫も首肯した。

「目付が……」

「そんな馬鹿なことが」

目付たちが顔色を変えた。

「さて、そなたたちは大奥で黒鍬者を、この右衛門大尉が処したことを問題としておるのだな」

気を失った刑部津ノ介が小姓たちによって運び出された後、吉宗が話を戻した。

「さ、さようで」

最初の勢いは目付たちから消えていた。

「なれば、なぜそうなったかを調べたのであろうな」

「それは……」

「大奥へ入ったこと、殿中で刀を振るったことが問題であり……」

目付たちがそれぞれの反応を見せた。

「ほう、原因を調べておらぬと」

すっと吉宗の目がすがめられた。

「原因がいかにあろうとも、右衛門大尉が殿中で人を斬ったことはたしか」

阪崎左兵衛尉《さかざきさひょうえのじょう》が言い張った。

「右衛門大尉、話をいたせ」

「はっ」

吉宗の言葉に、聡四郎が一礼した。

「大奥で竹姫さまの名を騙《かた》り、薪炭《しんたん》などをかすめ取った者がおりましたゆえ、現物を差し押さえするために、黒鍬者を連れて大奥へ出向きましてございまする。そして疑義ある者の納戸《なんど》から当該の品を発見、それを取りあげて七《なな》つ口《ぐち》へと戻る途中で、いきなり黒鍬者が背後から斬りかかって参りましたゆえ、やむを得ずに差し添えを抜きまして……」

「大奥女中はいなかったのか」

詳細の報告を聡四郎から聞いていた吉宗が、知らぬ振りで尋ねた。

「我らの動きを監視するために火《ひ》の番《ばん》が二人同道いたしておりましたが、やはり不意討ちを喰らい、地に伏しましてござる。それもあり、黒鍬者どもを討ちましてございまする」

聡四郎が語った。

「これでも、まだ右衛門大尉に問題があると」

「畏れながら申しあげまする。もしそうだとすれば、なぜ右衛門大尉どのは黒鍬者を生かして捕まえなかったのでございましょうか。そうすれば理由もわかり、右衛門大尉どのの行動に疑義も生じませぬ」

阪崎左兵衛尉が詰問《きつもん》した。

「相手は三人。それも女とはいえ武術に優れた者二人を屠るだけの腕を持つ。これを殺さずに取り押さえられるか」

「それができてこそ監察たるかと」

あきれた吉宗へ阪崎左兵衛尉が胸を張った。

「では、そなたたちで右衛門大尉を生きたままで取り押さえてみせよ。さすれば、そなたたちの話を受け入れよう。右衛門大尉、躬が許可する。刀を抜いてよい」

「承りましてございまする」

聡四郎が差し添えの柄に手をかけた。

「…………」

その気迫に目付たちが声を失った。

「さあ、捕縛してみせよ」

「できませぬ」

吉宗に急かされた阪崎左兵衛尉が首を横に振った。

「ほう、そなたは己のできぬことを他人に強要したのだな」

「…………」

吉宗の嘲笑に阪崎左兵衛尉がうつむいた。

「目付とは公明正大な者だったはずだ。違ったのかの、花岡」

「恥じ入るばかりでございまする」

花岡琢磨が平伏して、詫びた。

「任せてよいな」

「ご期待に添えるよう全力で任に当たりまする」

念を押された花岡琢磨が額を畳に押しつけながら、誓った。

「では、下がれ」

吉宗が目付たちを退室させた。

四

御休息の間に残った聡四郎に吉宗がため息を吐いて見せた。

「あれで旗本の俊英と申すのだぞ。他の連中はどのていどなのだ。どれだけ旗本の質が低いのかと思えば、暗闇のなかにおる気持ちになるわ」

吉宗が嘆いた。

「申しわけございませぬ」

聡四郎も旗本の一人である。詫びるしかなかった。

「ならば、働け。他人のぶんも」

しっかりと吉宗が無茶を言ってきた。

「……他人のぶんまではいたしかねまする」

「言うようになったの」

嫌そうな顔をした聡四郎に、吉宗が気持ちよさそうに笑った。

「さて、どうであった。大奥のこと」

月光院への対応がどのような影響を出すのか、吉宗は危惧していた。

「勘定方へ……」

聡四郎が様子をもっとも簡単に知る方法として、勘定方に報告を要求してきたことを報告した。

上臈には二つあった。上臈年寄《としより》と小上臈《こじょうろう》である。このうち上臈年寄が大奥最高位で定員は三人、そして上臈年寄を補佐する小上臈一人の合わせて四人が京の公家の娘であった。

その俸禄《ほうろく》として、上臈年寄が切米《きりまい》五十石、合力金《ごうりききん》六十両、十人扶持《ふち》、小上臈が切米四十石、合力金四十両、五人扶持もらえた。ざっとした換算になるが、上臈年寄は三百石取りの旗本に近い。

さらにこれに薪《まき》、炭、湯沸かし用割り木、油なども支給される。

一応、扶持米《ふちまい》は奉公人の禄として使用するものだが、大奥上臈のもとで修業していたという箔《はく》を欲しがる旗本、豪商の娘が礼金付きで奉公してくれる。実質、奉公人は無給であり、このぶんも上臈たちの収入になった。

ようは何不自由なく生活できるのだが、貧しい公家暮らしをしてきた上臈たちは、実家への仕送りもしているため、小袖や櫛《くし》、笄《こうがい》などの小間物《こまもの》を好き放題に買えるわけではない。

「薪を手配いたせ」

「炭が欲しい」

大奥で使う消耗品に自分用も含めて請求し、その費用を浮かし、贅沢品の一助にするのが常態化していた。

「月光院のことを他人事《ひとごと》と考えておるとはの」

「他人事というより、京から来た者には適用されないと思っておるのではないかと推察いたしまする」

あきれた吉宗に聡四郎が応じた。

「どうして、そう思える」

吉宗が聡四郎を見た。

「上臈は大奥女中に行儀を教えるために京から招かれておりまする」

「招かれたから、我らは客人だと」

「おそらく、そう思われておられるのでは」

「愚か者め。幕府から俸禄《ほうろく》をもらっているのだぞ。すなわち奉公人、よく言って家臣である」

声に怒りが含まれた。

「で、変わらねばどういたす」

「惣目付として、公方さまに上申仕りまする」

対処法を尋ねられた聡四郎が役目としての立場だと告げた。

「許す」

吉宗が聡四郎を促した。

「惣目付といたしまして、公方さまのお指図に従えぬ者は、放逐すべしと愚考《ぐこう》仕りまする」

「放逐……上臈もか」

「上臈の場合、実家の公家衆を気遣わねばなりませぬゆえ、放逐ではなくお宿下がりとなさればよろしいかと存じまする」

少し懸念を含んだ声の吉宗に聡四郎が提案した。宿下がりとは体《てい》のいい雇い止めであった。

「うむ。それがよかろう」

吉宗が了承した。

上臈たちの実家は名門公家だけに、その影響力は大きい。

「いささか早《はよ》うおじゃるのではございませぬかの」

「今の公方は紀州家の出じゃと聞いておじゃる。いかに公方といえども実家より位階が高いのは気まずかろう」

娘を追い返された公家たちが、吉宗への報復として昇位の邪魔をしてくる。

将軍は初代の家康が、在位中は正二位右大臣《しょうにいうだいじん》であったことから、そこまで昇進することができた。

とはいえ、将軍になる前の位階、将軍在位期間の長短でかならずしも極官《きょくかん》である右大臣にならないこともあり得た。事実、在位の短かった六代将軍家宣、七代将軍家継は、内大臣で終わっている。

そして吉宗は、征夷大将軍と同時に内大臣に補されていた。

問題は内大臣のままでいると、

「朝廷が不満を持っておられる」

「とても将軍を続けられまい。新たな公方さまをお選びすべきではないか」

大名や公家、幕臣のなかからそういった声があがることになりかねない。そうでなくとも吉宗のおこなっている改革には反対する者が多い。もちろん、将軍が出した台命である。表だって反対をする者は少ないが、水面下では遅滞《ちたい》、曲解が横行していた。

こういった将軍という権威に逆らえない者たちでも、吉宗の評判が墜ちれば動きを活発化させる。

そうなれば改革は骨抜きになってしまう。

「宿下がりをさせる前に、実家へ話をすればよかろう。できれば、親元のつごうということにしたいところだ」

吉宗が無難な手順を口にした。

公家も娘が幕府から役立たずの金食い虫との烙印《らくいん》を押されて、強制送還されるより、祖父母の身の世話とか、嫁いだ姉妹の頼みで人手が要るとの事情としたほうが外聞もいい。

「では、そのようにいたしまする」

聡四郎が首肯した。

世間知らずの剣術馬鹿も、いろいろなしがらみの洗礼、戦いなどを経験して、そういった気配りを理解できるようになっていた。

「さて」

大奥の話はここまでだと吉宗が切り替えると告げた。

「先ほどの愚か者どもだが、どうすればいい」

「お待ちくださいませ」

聡四郎へ処分のことを持ちかけた吉宗に、加納遠江守が口を挟んだ。

「なんじゃ、遠江守」

割って入られた吉宗が機嫌の悪い顔を見せた。

「いきなり目付が少なくなっては、政が混乱いたしまする」

「混乱だと。愚か者に監察をさせる方が、よほど酷いぞ」

加納遠江守の意見に吉宗が反論した。

「たしかに今の目付は話になりませぬ。ですが、いきなり監察が空位になれば、これ幸いと蠢《うごめ》く者が出ましょう」

小さく加納遠江守が首を横に振った。

「ならば、一緒に潰すだけよ」

吉宗が物騒《ぶっそう》な宣言をした。

「公方さま、どれだけの役人がいなくなるか、それをお考えくださいませ。役人は一人いなくなったから、追加で無役の者をあてがうというわけには参りませぬ。そうであろう、右衛門大尉」

加納遠江守が聡四郎へ話を振った。

「……はい」

矛先をこちらに振られた聡四郎は、加納遠江守へ文句の一つも言いたいところを我慢してうなずいた。

「右衛門大尉、説明せよ」

案の定、吉宗が加納遠江守に向けていた目を、聡四郎へと変えた。

「わたくしの出自を思い出していただけたら、おわかりいただけるかと」

「そなたの……そうか、水城は勘定方を家業とする役方であったの」

すぐに吉宗が気づいた。

「御上は巨大な生き物と同じでございまする。大量に収穫し、大量に消費する。それこそ、一日で数万両の金が動くこともあり、慣れた者でなければ、書付の処理さえまともにできませぬ」

「ふうむ」

「もっと身近で申しまするると、人員が欠けたからとりあえずの穴埋めに、銭勘定の場所に算盤、算術の使えない者を配置した場合、どうなりましょう」

「勘定が滞るな」

吉宗が嘆息した。

「目付をすぐに罷免するのは止《や》める」

「ご賢察《けんさつ》でございまする」

言った吉宗に、加納遠江守が頭を垂れて感謝した。

「とは申せ、このまま残留させるつもりはないぞ。躬の命よりも慣例、前例を大事にするなど本末転倒《ほんまつてんとう》である」

吉宗は許す気はないと告げた。

刺客が殿中で吉宗に襲いかかろうとも、刀を抜けばその身は切腹、家は断絶《だんぜつ》になるから素手で立ち向かえ。目付はそう強制している。

刀を抜いていれば吉宗を守れた、あるいは忠義の小姓が無手だったために死ななければならなかった。これは、吉宗や小姓の代わりはいると目付が言っているのも同様であった。

「有為な人材が、太刀打ちできずに死ぬのも認められぬ。生きていれば、幕府のためにどれだけ役に立ったかわからぬ人材を失うなど、為政者としては論外じゃ」

吉宗の怒りは収まらなかった。

将軍がかかわっていなかったとしても、恨みや筋違いの怒りでいきなり斬りつけられた場合でも、より強く目付は咎めてくる。

「自儘《じまま》に殿中で抜刀」

我らこそ、殿中法度だと目付が威丈高《いたけだか》に押し被せてくる。

「その者より、目付が役に立つのか。目立つように一人黒麻裃などを身につけ、他の者を威圧する暇があれば、少しでも倹約をいたせ」

「…………」

聡四郎も加納遠江守も吉宗に言いたいことを言わせるつもりで黙っていた。

「目付十人より、右衛門大尉のほうが万倍役に立つ」

「畏れ多いことでございまする」

さすがに褒められて、無言は無礼になる。

聡四郎は頭を垂れて、恐縮した。

「いっそ、目付も右衛門大尉の下に付けるか」

「それはよろしくないかと」

加納遠江守がまたも反対した。

「ふん。一人に権が集中するのを警戒するというのだろう」

しっかりと吉宗はわかっていた。

「ご明察でございまする」

加納遠江守が吉宗を称賛した。

「役人をうまく使うには、一人を出世させぬことだとも知っておる。しかし、あのように無駄な者がいては、改革は進まぬ」

「急な改革は反発を受けまする。じっくりとなさるのがよろしいかと」

吉宗の幼なじみともいえる加納遠江守だからこそできる意見であった。

「わかった。目付はしばし、このままじゃ。ただし、刑部は許さぬ」

加納遠江守の面目もある。吉宗は少し引いた。

「はっ」

「承知仕りました」

吉宗の言葉に、加納遠江守と聡四郎が平伏した。


目付部屋へ戻った阪崎左兵衛尉ら八人は、花岡琢磨を取り囲んでいた。

「なにを考えている」

「我らを裏切る気か」

目付たちが口々に花岡琢磨を責め立てた。

「お鎮まりあれ。そもそも拙者はなぜ責められているのでござるか」

花岡琢磨が一同に冷静さを求めた。

「盗人《ぬすっと》猛々《たけだけ》しいとはこのことじゃ。おぬし、刑部を売って、公方さまの歓心を買おうとしたではないか」

「それのどこに問題が。我らは旗本でござる。旗本は公方さまの家臣。家臣が主君に従うのは当然でござろう」

阪崎左兵衛尉の詰問に花岡琢磨は堂々と返した。

「それは……」

「むっ」

目付たちが詰まった。

「違うぞ。目付は公方さまではなく、御上に仕える者。監察とは一人ではなく、全体のためにある。御上を腐らせる者を監察し、排除するのが目付の本分である。公方さま一人にお仕えするとなれば、明らかに罪があろうともお気に入りの者を咎めることができなくなる。我らはたとえ公方さまがお庇《かば》いになられても、追及の手を緩めてはならぬのだ。そうすることで、大名、旗本、役人どもも目付のことを公明正大と認め、尊敬をする。寵臣でさえ目付の前には立てぬ、ならば我らも従うしかないと観念する」

「…………」

滔々《とうとう》と語る阪崎左兵衛尉を花岡琢磨があっけにとられた顔で見た。

「わかったか」

「ああ、十分わかった。おぬしらとは違うとな」

説き伏せられたと信じた阪崎左兵衛尉に、花岡琢磨が首を横に振った。

「……意見を変えぬと」

「ああ」

念を押した阪崎左兵衛尉に花岡琢磨が首を縦に振った。

「なれば、そなたは仲間ではない。ご一同、あちらで今後のことを話し合いましょうぞ」

「うむ」

「いたしかたなし」

阪崎左兵衛尉に誘われて七人の目付が、花岡琢磨から距離を取った。

「わかってないのはそちらだ。公方さまは将軍、すなわち天下なのだ。天下を相手にして、勝てるはずはなかろうが」

一人になった花岡琢磨が嘆息した。

第三章　雇われ忍

一

甲賀の郷に案内された藤川義右衛門は、集落の中心にある茅葺《かやぶ》きの家で甲賀忍者の頭領と対峙していた。

「よくお出《い》でじゃ。この郷を預かる当間土佐《とうまとさ》じゃ」

「お先の名乗り、いたみいる。藤川義右衛門でござる」

二人の挨拶は和《なご》やかなものであった。

「遠くからのお見えでござれば、ゆっくりなされよと申したいところだが、不意の来訪じゃでな。歓迎の宴を始める前に用件を伺おうではないか」

当間土佐が促した。

「誘いに来た」

「ほう、我らを誘いに」

藤川義右衛門の答えに、当間土佐がわざとらしく驚いて見せた。

「惚《とぼ》けるのはなしにいたしましょうぞ。本心で語り合わねば、ここまで来た甲斐《かい》がござらぬわ」

「ふふふ。忍が本心を明かすと。遺言でさえ偽りを残す忍が……晦日《みそか》の月よりも珍しいことでござるな」

当間土佐が快活に笑った。

「それくらいでなければ、勝てぬ相手」

「……それほど手強《てごわ》いか、公方さまは」

藤川義右衛門のため息に当間土佐も嘆息した。

「わかっておられたか」

「一応、甲賀の山のなかで寓居《ぐうきょ》しているとはいえ、耳目まで塞いではまずうござるでな」

すべてわかったうえでのことかとあきれた藤川義右衛門に当間土佐が告げた。

「どうお考えか」

「なにも思わぬ。甲賀の郷は、訪れる者も少なく、平穏である。明日も変わることはなく、百年先も同じであろう」

江戸のことは対岸の火事だと当間土佐が首を左右に振った。

「それでよいのか」

「今さらどうしようもあるまい。これが乱世だというならば、寄《よ》る辺《べ》をしっかりと見極めて生き残り、いや、一層の立身《りっしん》を求めただろうが、泰平の世では無駄な足掻《あが》きになりかねぬ。蚊を追うつもりで窓を開けたら、蜂《はち》が入ってきては面倒じゃ」

「喰えているのか」

「満腹まではいかぬが、飢《う》えぬていどにはな」

いつの間にか、二人の口調がくだけていた。

「…………」

藤川義右衛門が無言で、茅葺き屋根の家に集まっている甲賀者を見た。

「若い者の姿が少ないようだ」

「修養に励んでおる」

当間土佐が忍の鍛錬をしていると述べた。

「嘘だ」

座敷の隅に控えていた地侍に扮した甲賀者が声を上げた。

「誰か一人がこの世を去って、ようやく一人の子が生かされる。嫡子以外の男は成長することさえ許されぬではないか」

「控えろ、秋夜《しゅうや》」

歳嵩《としかさ》の甲賀者が、声を上げた甲賀者を叱った。

「いやじゃ、黙らぬ。なぜ、せっかく生まれた命を水にせねばならぬ」

手を振って黙らぬという意思表示を見せた秋夜が、藤川義右衛門を見た。

「喰えるのか」

「ああ。喰える。飢えなどない」

はっきりと藤川義右衛門が断言した。

「伊賀者の私怨に巻きこまれるのは御免じゃぞ」

当間土佐が落ち着けと秋夜をなだめた。

「私怨……たしかに最初はそうだった。御広敷伊賀者組頭であった吾が、なぜ御役を外され、放逐されねばならぬのだと吉宗を恨んだ。しかし、今は違う。吾は忍の価値を、意味を、守るために戦っている。ああ、もちろん、水城への復讐は忘れてはおらぬが」

藤川義右衛門が語った。

「幕府が忍を、伊賀組、甲賀組を廃すると言うのか」

「吉宗は忍を犬にしたいのだ」

当間土佐の問いに藤川義右衛門が苦い顔を見せた。

「すでに犬であろう。忍は人外魔性《じんがいましょう》のものとして、ずっと虐《しいた》げられてきた」

「たしかに、我らはどれだけ戦場で手柄を立てようとも、それを称賛されることなく、闇討ち、卑怯《ひきょう》な手立てを使うと冷たい目で見られてきた。それでもまだましだった。神君《しんくん》家康公は、わずかな禄とはいえ、甲賀、伊賀の者を幕臣へと取り立ててくださった」

天下を手にして幕府を立てた徳川家康は、甲賀者を与力、伊賀者を同心として召し出し、江戸城の警衛を預けた。

「雀の涙ほどの禄ではないか。我ら甲賀は伏見城籠城《ふしみろうじょう》や大坂の陣で命がけの働きをし、ようやく得たのが八十石の与力じゃぞ。伊賀者にいたっては、家康公最大の危難と言われた伊賀越えで活躍したというのに三十俵ほどの微禄ではないか。それで恩義に感じろと」

歳嵩の甲賀者が自嘲した。

「わからぬのか。八十石でも三十俵でも、身分は御家人。すなわち武士。家康公は我らを一人前の武士にしてくださったのだ」

「一人前の武士」

藤川義右衛門に言われた歳嵩の甲賀者が息を呑んだ。

「と申したところで、同じ幕臣のなかでは最下級だが、それ以外の者からは、形だけとはいえ、直参《じきさん》として扱われる」

「直参……」

「徳川の家中《かちゆう》」

甲賀者たちのなかにざわめきがさざ波のように拡がっていった。

「先祖が命がけで得た栄誉を吉宗は剝奪《はくだつ》しようとしている」

「証はあるのかの」

当間土佐が訊いた。

伊賀者の言葉をそのまま受け取るわけにはいかない。

「庭之者を知っておるな」

「紀州から公方さまが連れてきた根来者《ねごろもの》の分かれと聞いておる」

確認された当間土佐が答えた。

「紀州のころから側に仕えていた者が、庭之者という名で忍のまねごとをしている。将軍直属のだ。吉宗は紀州から連れてきた者しか信用せぬ。今はまだ十をこえるくらいの数しかおらぬが、いずれ紀州から追加の者どもが来るだろう」

「…………」

当間土佐が黙って聞いた。

「そもそも吉宗は将軍になれるような身分ではなかった。二代紀州藩主光貞《みつさだ》が、戯れに手を付けた湯屋番の女中との間にできた子供だ。生母の身分が低く、公子《こうし》として認知されることなく、城下で育った。それが五代将軍綱吉の気まぐれで目通りをし、紀州徳川家の連枝《れんし》として三万石の大名になれた」

一度唾で口のなかを藤川義右衛門が湿《しめ》した。

「人に認められぬ幼少時代を送った吉宗が大名になった。それだけでも心はゆがむよな。己はなに一つ変わっていないのに昨日までいない者として扱われてきた男が、いきなり数百の家臣に傅《かしず》かれる。だが、それはまだいい。問題は吉宗の兄二人が紀州家の当主になってすぐに死んでいることだ。二人ともがだ」

「公方さまが手を下されたと言われるのかの」

藤川義右衛門の話に当間土佐が首をかしげた。

「何一つ根拠はない。調べようとして組下の者を和歌山《わかやま》へやったが、誰一人戻ってこなかった」

「ほう」

左右に首を振った藤川義右衛門に当間土佐が目を少し大きくした。

「まちがいなく、あやつは後ろ暗いことをしている」

「確証はないのだろう」

「忍の勘じゃ」

当間土佐の言葉に藤川義右衛門が胸を張った。

「……忍の勘」

すっと当間土佐の雰囲気が変わった。

「藤川氏《うじ》よ。言わずとも分かるはずだが、忍は心意気だとか、天下のためなどに心を寄せることはない。忍が働くのは、ただ金のため」

「おおっ。仕事ならば引き受けてくれるか。やれ、ありがたし」

藤川義右衛門が喜んだ。吉宗の地元根来衆を口説かずにすんだ。

下手すれば敵対していたかもしれないのだ。いかに藤川義右衛門が腕利きで、実戦経験も豊かだとはいえ、地の利のないところで数の暴力には勝てはしない。

「仕事はなんだ」

「最終は吉宗を殺すことだが……まずは名古屋を吾がものとしたい」

当間土佐に訊かれた藤川義右衛門が望みを伝えた。

「名古屋を」

当間土佐が怪訝な顔をした。

「金が要る。江戸を襲うには十分以上の人、数だけではない。質も高くなければならぬ。当然、それだけの費《つい》えがかかる。惜しむことなく金が遣えねば、ことはならぬ」

「大きなことを言う」

藤川義右衛門の話の規模に当間土佐があきれた。

「名古屋は六十二万石ぞ。それを忍だけで支配するとは、まさに大言壮語《たいげんそうご》じゃわ」

「表ではない。裏よ」

「裏……」

当間土佐が困惑した。

「岡場所《おかばしよ》、博打場《ばくちば》、金貸しよ。儲かるぞ。表なんぞ相手にならぬ。表はどこども赤字だろう。それに比して、裏は限界がない。吉宗に追われたが、江戸にいたころは、配下の者たちに、月百両ではきかぬ禄が出せた」

「月に百……」

「我らだと、それだけ稼ぐのに十年はかかる。一月で十年分とは信じられぬ」

甲賀者たちがざわついた。

「やり過ぎたの」

冷静に当間土佐が藤川義右衛門の現況を見抜いた。

「調子に乗った。思い切って吉宗の走狗で吾を御広敷伊賀者から追放した元凶の旗本水城聡四郎を罠に嵌《は》めようとしてしくじった。町奉行に先手組、御広敷伊賀者、庭之者まで出てきては勝負にならぬ」

藤川義右衛門が苦い顔をした。

「それはそうだな。相手の膝元だ」

当間土佐が苦笑した。

「事情はわかった。で、いくら出せる」

表情を引き締めて、当間土佐が尋ねた。

「今すぐならば三十両」

「三十両か……」

当間土佐が顎に右手を添えて、思案し始めた。

「前金か」

藤川義右衛門がうなずいた。

「うむ」

一応の確認を当間土佐がおこない、藤川義右衛門がうなずいた。

「三人というところだな」

「……三人では足りぬ。せめて五人は欲しい」

「名古屋の裏を支配しようとしている者が、金子《きんす》を渋るな」

頬をゆがめた藤川義右衛門に当間土佐が冷たく返した。

「……金を奪われたのが痛い。江戸の隠れ家には三千両ほど蓄えていたというに。半分でも別の場所へ移しておくべきであった」

藤川義右衛門が悔やんだ。

「三千両……」

地侍風の甲賀者秋夜が絶句した。

幕府に召し抱えられなかった甲賀者は、頭領と呼ばれる国人《こくじん》領主のもとに帰属し、任のないときは百姓仕事をしている。穫れた米はすべて頭領に納め、そこから三人扶持ていどを禄として与えられている。一人扶持は、一日玄米五合《ごう》の現物支給で、ざっと一年で一石八斗《と》になる。三人扶持だと五石四斗になる。田畑で米以外の麦や稗、大根、菜を育てている。山には猪や兎などもいるし、川には鮎《あゆ》や山女魚《やまめ》も多い。ぎりぎりだが、食べていくことはできる。とはいえ、現金収入となるのが、仕事に出たときだけで、小判なんぞ、そうそう見ることはなかった。

「これでも当分遣わないぶんだぞ。縄張りを拡げるために、人が要る。縄張りを支配していた前の頭を殺し、配下の者どもをまとめて吸収したりもな」

藤川義右衛門が驚くほどのことではないと言った。

「わかった。後金に四十両出してくれるなら、五人行かせる」

「助かる」

それでいいと藤川義右衛門も納得した。

「では、磯辺《いそべ》、川杉《かわすぎ》、志津山《しづやま》、田尾《たお》、浜《はま》、そなたらが行け」

「頭領、吾も行かせてくれ」

名前を挙げた当間土佐に、秋夜が手を挙げた。

「秋夜か。そなたはならぬ」

当間土佐が首を横に振った。

「なぜじゃ」

「そなたは、取りこまれる」

理由を問うた秋夜に、当間土佐が藤川義右衛門をちらと見た。

「仕事ではなく、仲間になってしまう。私情に取りこまれそうな者を出すことはできぬ」

当間土佐が釘を刺した。

「…………」

秋夜が無言で引き下がった。

「これで決まりじゃ。藤川氏、せっかく来られたのだ。今宵一晩泊まっていかれるといい。山家《さんか》のことゆえ、さほどのものは用意できぬが、山菜の鍋を馳走《ちそう》しよう」

「そうさせてもらおう」

当間土佐の誘いを、藤川義右衛門が受けた。

二

猟師の姿をした伊賀の郷忍を鞘蔵は待ち伏せていた。

「声を出さんでくれ」

「…………」

猟師の姿をした郷忍が足を止めた。

「危害を加えないことを約束する」

郷忍が鞘蔵の声の場所を探ろうと目を動かした。

「姿も見せぬ者を信用できるわけなかろう」

郷忍が嘲笑しながら、口に手を当てて叫ぼうとした。

「話だけ聞いてくれ」

すっと音もなく鞘蔵が五間（約九メートル）ほど離れた木の陰から出た。

「空蟬《うつせみ》の術か。なかなかやるな」

予想していなかった位置からの出現に郷忍が感心した。

空蟬の術とは、節《ふし》を抜いた竹などを利用して、声と本体の位置を離し、居場所をわかりにくくする技である。簡単そうに見えるが、竹を口に押し当てるため、違和感のある声になったり、息を吹きこむことで起こる竹の振動で居場所がばれたりする、なかなか難しいものであった。

「敬意は表しよう。で、どこの誰が何用で郷に来た」

郷忍が問うた。

「名は治田《はるた》鞘蔵、藤川義右衛門どのの配下だ。用件は……」

「聞くまでもない」

鞘蔵の話を郷忍が遮った。

「なっ」

にべもなくあしらわれた鞘蔵が絶句した。

「驚くことか。そなたたちがどれだけ郷に迷惑をかけたと思う。何人の忍がそなたたちに惑わされて郷を捨て、命を失ったか。これ以上、忍の技を伝える者がいなくなれば、郷は立ちゆかぬ」

郷忍が憎々しげに顔をゆがめた。

「それだけ不満があったのだ。郷では喰えぬからじゃ。それを少しでもよくするために、我らに与した。決して、まちがってはいない。このままでいいと思っているのか。過酷な修行を積み、常人をはるかにこえる技を身につけて、その報いはどこにある。飢えぬだけの土地に夢はあるのか」

鞘蔵が説得しようとした。

「夢……笑わせるな。夢で死んだら本望《ほんもう》か。おまえも忍の端くれならば、生きていることが、もっとも大事だとわかっているはずだ」

「…………」

痛いところを突かれた鞘蔵が黙った。

「働き手と歳頃の娘が無駄に死んだ。その影響はこれから先長く郷を苦しめるだろう」

郷忍が嘆息した。

「……すまぬ」

鞘蔵は詫びるしかできなかった。

「ならば去れ。吾にも忍の無念はある。おぬしのことは誰にも言わぬ」

「わかった」

促された鞘蔵が背を向けた。

「見逃す代わりに、一つ伝言を頼む」

「なんじゃ」

呼び止められた鞘蔵が首だけで振り向いた。

「藤川に、二度と郷に近づくなと。近づけば、郷のすべてをあげてでも生かして帰さぬとな」

「承知した」

覚悟の決まった声に鞘蔵が首肯した。

目付たちは吉宗に叱られた翌日から、病気療養届けを出して登城しなくなった。

「阿呆めが」

一人目付部屋に出務している花岡琢磨が溜め息を吐いた。

「それで公方さまに不満を表しているつもりか。とんでもないことだ。それこそ公方さまの策だとなぜ気づかぬ」

花岡琢磨があきれた。

「役目も果たさぬ者ならば、いくらでも罷免できる。大義名分を公方さまに与えてしまったのだぞ」

小さく花岡琢磨が首を左右に振った。

「やれ、巻きこまれぬようにせねばの」

花岡琢磨は一人で、目付の役目の一つである城中巡回に出た。

「惣目付さま」

奥右筆組頭の二戸稲大夫が、梅の間に聡四郎を訪れた。

「いかがいたした」

聡四郎は二戸稲大夫を梅の間に迎え入れた。

「少し御側に寄りましても」

「……かまわぬ」

奥右筆組頭が側に寄る。これは密事だと聡四郎は理解した。

「遠慮いたしましょう」

やはり気づいた太田彦左衛門が席を外そうとした。

「不要じゃ。よいな」

太田彦左衛門を止めた聡四郎が、二戸稲大夫に確認した。

「もちろんでございまする」

再出仕の届けを奥右筆あてに出している。太田彦左衛門の経歴も奥右筆は調べている。当然、太田彦左衛門が聡四郎の配下として長く助力してきたことも知っていた。

「ご報告いたしまする。お目付衆が一斉に病気療養届けを出し、休んでおりまする」

病気療養は認められていた。とはいえ、役目を果たしていないことには違いないため、二十一日目をこえると、療養専念を言い出される。聞こえはいいが、療養専念は役目を辞せとの意味である。もっとも一人くらい休んでも困らない、定員の多い番方の先手組や書院番などは、数カ月は放置される。

さらに療養専念を言われそうなころあいで出仕、病気完治の届けを出せば、三日ほど勤務したところで病気再発を理由に、ふたたび休みが取れる。

言うまでもないが、これも三回くらいが限度で、繰り返せば質《たち》が悪いとして、罷免、減禄を喰らって、小普請組《こぶしんぐみ》へ落とされ、子孫三代は召し出しがなくなった。

それでも大義名分に保護された形で、仕事をしなくてよくなる。

「……全員か」

「いえ。一人、花岡琢磨どのだけ、出仕なされておりまする」

二戸稲大夫が首を横に振った。

「目付は機能を失ったな」

十人しかいない目付の一人は罷免、八人が職場放棄をしている。とても花岡琢磨一人で、十人分の仕事はできない。

「すぐに目付候補を用意できるか」

「人材はどうにでもなりまするが、目付は御上による指名ではなく、目付衆による推薦と入れ札となっておりますゆえ……」

「明文化されているのか」

「いえ、慣例ではございますが、なにぶん目付は監察という役目柄、どことも縁があってはならず、御上の名指しといえどもなかなかに」

確認した聡四郎に、二戸稲大夫がおずおずと答えた。

「無視できぬ慣例か」

聡四郎が苦い顔をした。

慣例にも悪癖と役に立つならわしがあった。

悪癖とは、その役目を世襲《せしゅう》しているとか、利権を握っているなどである。そして役に立つ慣例が、役目への紐付きを拒む目付選出や、老中になればすぐに侍従《じじゅう》という官職が与えられることなどであった。

老中が侍従になるのは、朝廷になにかを言上するときに、昇殿できなければ直接天皇家へ伝えることができなくなるからであった。

慣例を一切認めないというのは、こういった幕府にとってつごうのよいものまで、排除することになる。

それは幕政の反発を招き、吉宗も認めはしない。

「公方さまへのご報告は」

「惣目付さまからと考え、控えておりました」

訊いた聡四郎に二戸稲大夫が応じた。

「なるほど」

単純に手柄を譲り、心証《しんしょう》をよくしようと考えたわけではないと気づくだけ、聡四郎も世間に慣れている。

「手柄は要らぬか」

「はい」

笑った聡四郎に二戸稲大夫が首肯した。

役方として奥右筆組頭より格上は多い。というより、五代将軍が設けた歴史の新しい奥右筆は格が低い。なにせ、馬医者の下なのだ。

しかし、その余得は長崎《ながさき》奉行を凌《しの》ぐとも言われるほど多い。五百石ていどの旗本にとって、はるかな夢である長崎奉行、勘定奉行などと違って手が届く。

当然、奥右筆組頭の席を狙っている者は、多い。

「何卒《なにとぞ》、よしなに」

「是非ともわたくしめをご推挙いただきたく」

「就任のおりには、相応の御礼を」

有力者とされる老中、側用人《そばようにん》、若年寄のもとには、山のような陳情が来ている。まさに垂涎《すいぜん》の役目である。もちろん、奥右筆組頭からの出世もある。御広敷用人もその一つである。他に遠国《おんごく》奉行にも手が届く。だが、余得は奥右筆組頭に比べて、半分もない。

二戸稲大夫は名よりも実《じつ》を取りたいと、聡四郎に願ったのであった。

「わかった。公方さまにおぬしこそ奥右筆組頭にふさわしいとお話をしておこう」

聡四郎が約束した。

「かたじけのうございまする」

喜んで二戸稲大夫が帰っていった。

「いやあ、お見事でございました」

二人きりになったところで、太田彦左衛門が聡四郎を称賛した。

「まさに男子三日逢わざれば刮目《かつもく》して見よでございますな。ああ、三日どころか三年以上になりますが」

「勘弁願いたい」

聡四郎が苦笑した。

太田彦左衛門には、役人に成り立てで右も左もわからないときから、いろいろと面倒を見てもらったのだ。

紅の父相模屋伝兵衛と並んで頭のあがらない相手であった。

「清濁併《せいだくあわ》せ呑むのが、為政者の素質。ですが、どれほど綺麗な水でも泥水と混じれば、濁りまする。それに慣れられぬように」

「忠言ありがたし」

太田彦左衛門の忠告を聡四郎は素直に受けた。

「もっとも拙者がそうなったときには、妻が許しませぬ。蹴飛ばされましょう」

「たしかに、奥方さまならば公方さまでも叱りつけられましょう」

聡四郎の話に太田彦左衛門が微笑んだ。

「いや、もう……」

「なんとも」

なんともいえない顔をして告げた聡四郎に、太田彦左衛門が驚いた。

「公方さまはお幸せでございますな。叱ってくれるお方をお持ちでございまする。

今までの公方さまのなかで、そういったお人をお持ちだったお方は少のうございます。せいぜい三代将軍家光さまくらい。家光さまには春日局さまがおられました」

「そんなに少のうござるか」

「神君家康公を始め、他の公方さまにもなにかしらの意見をなさった方はおられましたでしょう。ですが、そのうち何人が利害なしにお諫めされたのでしょうや」

「利害……」

聡四郎が考えた。

「臣という者は禄をもらえればこそ忠義を尽くす者。その禄を失うかもしれぬ意見をすることはかなり難しいかと。その点、春日局さまは家光さまのお乳母さま、いえ、実の母親以上の愛情を注いだお方。母は子のためならば、命を捨てられまする。そして奥方さまは、形だけとはいえ公方さまの娘。娘が父に意見するのも当たり前のこと。なにせ奥方さまは、家督を継げませぬ。公方さまのご機嫌を取ったところでなにも利に繋がりませぬ」

「……拙者の立身を強請《ゆす》るということは」

「本気でお尋ねでございましょうか」

太田彦左衛門があきれた顔をした。

「いや、申しわけなかった」

聡四郎が詫びた。

「そのようなことを紅に頼んだ瞬間、離縁状《さりじょう》をたたきつけられる」

「はい」

嘆息した聡四郎に太田彦左衛門が笑顔になった。

「さて、目付の問題だが……」

聡四郎が表情を引き締めた。

「一つ方法がございまする」

太田彦左衛門も笑いを消した。

「どうすればよいと」

「簡単なことでございまする。目付は目付の推挙を受けた者から入れ札で選ばれまする」

「あっ」

聞いた聡四郎が手を打った。

「残った花岡に人材を推挙させ、そのまま入れ札に移ればよい。花岡一人とはいえ、目付には違いない。慣例にも反せぬ」

「さようでございまする」

聡四郎の言葉に太田彦左衛門がうなずいた。

三

阪崎左兵衛尉たち八人の目付が、今後のことを相談するために一堂に会していた。

「初めてじゃの」

「まことに。同役といえども目付は付き合いをせぬもの。左兵衛尉どののお屋敷に招かれて、それをすることになるとは思ってもおらなかった」

目付たちが驚きを口にした。

職責上、縁故だ、情だという批判は避けなければならない。そのため目付たちは、その任に就いたとき、親子兄弟親戚の付き合いを断つ。

「このたび目付となり申した。よってただ今より、一切のかかわりなしとさせていただく」

そう宣し、実父を咎めて切腹に追いこんだ目付もいたとされる。

言うまでもなく、目付同士も互いを監察するため、就任祝いであろうが、婚姻、葬儀であろうが、すべての行事を無視する。誘いもせず、誘われもせずが目付であり、同役の屋敷に足を踏み入れるのは、訴追のときだけであった。

「感慨は後日に」

阪崎左兵衛尉が場を仕切った。

「ご一同、このままですませるつもりはございますまいな」

「当然」

「放置できることではない」

「公方さまといえどもやっていいことと悪いことがある」

確かめるように問うた阪崎左兵衛尉に一同が唱和《しょうわ》した。

「では、どうすればよいと思う」

「このまま出仕せねば、向こうが音《ね》をあげよう」

若い目付が言った。

「たしかに目付がおらねば、回らぬことも多い。火事場臨検など目付が出張《でば》らねば、いつまで経っても片付けができぬ」

少し歳嵩の目付が同意した。

目付が江戸市中の火事に出向くのは、消火作業を指揮するためではなかった。この火事が失火か放火かを見極めるのが役目であった。

「竈《かまど》の残り火が障子に飛んだのだな」

失火ならば、ただちに焼け跡の片付けに入れる。

「油の臭いがするだと」

少しでも放火の疑いがあれば、火事場は片付けられなくなる。といったところで目付が放火犯を追うことはない。後はすべて町奉行へ任せることになるが、その調べが終わるまで、火事場は封じられ、建て直しはおろか焼け残った家財や金などを持ち出すことも許されなくなる。

後の面倒は一切見ないというのに、厄介ごとだけを置いていく。

「おのれは、目付を金で籠絡《ろうらく》しようとするか」

商家にとって、店の復興が遅れることは死活問題である。商品が売れないため金が入ってこないというのもだが、なにより休業が続けば得意先が他所《よそ》へと流れていく。そうなっては老舗《しにせ》ですらも終わりになる。それを避けたいがために袖の下を渡そうものならば、公明正大を旨《むね》とする目付が激怒する。

目付の火事場臨検は迷惑千万《せんばん》であったが、決まりなのだ。

「早くして欲しい」

一応、鎮火した翌朝には臨検に来るが、一人ではとても無理である。目付の仕事は火事場臨検だけではない。

「民どもから文句が出ますな」

若い目付がほくそ笑んだ。

「民が町奉行や老中方へ要望する。そして老中が公方さまにご諫言申しあげる。改革を旗印にしている公方さまが行政の停滞を招く。笑い話じゃな」

「まさに、まさに。もう誰も公方さまの倹約などに従うまい」

目付たちが興奮した。

「待たれよ。惣目付のことを忘れてはおらぬか」

「惣目付……一人でどれだけのことができると」

阪崎左兵衛尉の懸念に若い目付が嘲笑した。

「あやつ一人ならば、なにもできまいが、徒目付を従えておるぞ」

「徒目付どもかあ」

阪崎左兵衛尉に言われた少し歳嵩の目付が唸った。

徒目付は目付に遠慮して惣目付を認めず、その命を聞かなかった。それに吉宗が激怒し、五十人いた徒目付の八割を罷免、新任の者に代えた。

「惣目付さまに従いまする」

吉宗の本気を見せつけられた新人はもちろん、その教育係として残されたわずかな徒目付たちは、全面降伏して聡四郎の配下になった。

これで聡四郎の人手不足は大きく改善された。

「徒目付は気にせずともよかろう。あやつらは所詮我ら目付の雑用係に過ぎぬ。火事場臨検にも出るが、あくまでも目付の供。徒目付に火事場をどうするかなどを決める権限はない」

老練な目付が手を振った。

「元谷《もとや》どのの言うとおりよ」

別の目付が老練な目付に同意した。

「果たしてそうかの」

難しい顔をした壮年の目付が懸念を表した。

「どういうことかの、早川《はやかわ》氏」

文句があるのかと元谷が気色《けしき》ばんだ。

「落ち着かれよ。貴殿へ思うところなどはない」

早川と呼ばれた目付が、掌を下にして、元谷をなだめた。

「では聞こう」

まだ納得していない顔で元谷が早川をうながした。

「わかった。江戸の火事は多いとはいえ、そうそうあるわけではない。ましてや、数カ所で同時に火事が、などまずない」

「ないとは言いきれぬぞ。江戸を焼くほどの大火となれば、同時に何カ所からも火の手が上がったと記録にある」

「そんな大火を期待するのか、貴殿は」

「うっ、いや」

早川に咎められた元谷が詰まった。

目付は城内、城下の安寧を保つのも仕事である。その目付が明暦《めいれき》の大火のようなものを期待しているなど論外であった。

「た、喩《たと》えじゃ、喩え。他意はない」

元谷が否定した。

「気を付けられよ。普段ならば、その発言だけで、罷免、評定所《ひょうじょうしょ》呼び出しはまちがいない。今は我らが一つにならねばならぬときゆえ、忘れるがの」

阪崎左兵衛尉が苦い顔で注意した。

「わかった」

うなずいた元谷だが、謝罪の言葉は口にしない。目付が詫びるのは、負けを意味する。それこそ、この騒動が終わるまでは一枚岩になっても、ことがすめば元谷の発言は他の目付たちにとって、手柄になる。

「大火はまずないだろうが、小火《ぼや》ていどならば、数カ所で起こることはある。そうなったとき、惣目付一人では手が足りぬとご一同はお考えのようだが、惣目付は諸大夫で騎乗を許される。まず徒目付を火事場へ送り出し、そこで下調べをさせる。あとは駆けつけた惣目付がそれを追認する。それならば、一カ所の火事場で小半刻《こはんとき》（約三十分）もかからぬ。移動を含めても半日もあれば、火事場巡検は終わるぞ」

早川がやりようはあると説明した。

「むうう」

「たしかに形式は整う」

何人かの目付が早川の意見を認めた。

「待て。それを町奉行は受け入れるのか」

若い目付が疑問を呈した。

「南の大岡越前は、公方さまの腹心だ。文句は言うまい」

「されど北の中山出雲守《なかやまいずものかみ》は目付を経験しておる」

元谷が述べた。

「目付の出ならば、厳粛であろう」

阪崎左兵衛尉がほっと安堵した。

「問題は中山出雲守が月番《つきばん》でないときだ」

火事の後始末は月番の役目であった。

「二月《ふたつき》に一度か。今月の月番はどっちだ」

「知らぬ」

「気にしたこともない」

問うた阪崎左兵衛尉に目付たちが首を左右に振った。

旗本を監察する目付にとって庶民を取り扱う町奉行は、もっとも遠い相手であった。もちろん、町奉行も旗本であり、目付はその行状《ぎょうじょう》を監視するが、その職務にはまったく興味を持っていなかった。

「出雲守に話をしておくか」

老中でも百万石の前田《まえだ》家でも呼び捨てにするのが目付の習慣であり、矜持《きょうじ》であった。

「そうよな。出雲守の心情として、知っていれば心構えもできるし、対応も準備万端で迎えられる」

阪崎左兵衛尉が首肯した。

役人は、己の権に手を出されることを極端に嫌う。惣目付がこのようなことを考えているらしいと報せておけば、中山出雲守は反発する。

根回しのやり方次第では、もっと中山出雲守の怒りを煽《あお》れると阪崎左兵衛尉は考えた。

「だが、どうやって報せる。我らは病気療養中ぞ。仲間内ならば、見舞いという理由も使えるが、町奉行のもとへ出向くとなると、世間の目もある」

「心配は要らぬ」

危惧を口にした元谷に、阪崎左兵衛尉が笑った。

「それを咎める目付がここにおるのだ」

「たしかにそうじゃ」

早川も笑った。

「とりあえず、我らがどれほど役に立っているのかを、公方さまに思い知っていただこうではないか」

「おうよ」

「そうじゃ、そうじゃ」

阪崎左兵衛尉の言葉に、目付たちが気合い声をあげた。

水城家は加増に伴う人員増加でばたついていた。

「ご無沙汰をいたしております る、奥方さま」

女中と小者を引き連れてきた紅の父相模屋伝兵衛が、娘の前で両手を突いた。

「相模屋も壮健《そうけん》そうで重畳《ちょうじょう》じゃ」

紅が鷹揚《おうよう》に応じた。

「ああ、もう止め、止め。肩が凝ってしかたないわ」

一瞬で紅の化けの皮が剝《は》がれた。

「これ、いつまで町娘のつもりでおる。紅はもうお歴々の奥方さまなのだぞ。まったく、ちゃんと奥方さまをしているのか不安だ」

相模屋伝兵衛も父の顔になった。

「大丈夫よ。あたしはそういったお方とは付き合いないから」

紅が手を振った。

「水城さまにご迷惑をかけては……」

「かけてないって」

疑いの目で見る父に、紅が頬を膨《ふく》らませた。

「……まあいい」

信用していない顔で相模屋伝兵衛が引いた。

「さて、今日連れてきたのは、下働きの女中三人と乳母《うば》の経験がある上の女中一人、武家奉公をしたことのある小者二人と中間《ちゅうげん》一人。合わせて七人」

「乳母の経験のある人は助かるわ」

うれしそうに紅が言った。

「袖が怪我をして頼れなかったから」

「大丈夫なのか、袖さんは」

「問題ないわ。なにせ好いた男が看病してくれているもの」

「好いた男……ひょっとすると」

「そう、玄馬さん」

「そうかあ、それはめでたい」

相模屋伝兵衛が手を叩いて喜んだ。

「……問題はないの」

「ないはず。女中四人は、親の代からの付き合いだ。小者も何度か仕事を紹介している」

「中間は」

含まれていない男に紅が気づいた。

「それなんだが、一応信用できる同業からの紹介だが……」

相模屋伝兵衛が口ごもった。

「調べきれないの」

「まだできてない。もうちょっとときがかかる」

問うた紅に相模屋伝兵衛が首を横に振った。

「そう」

紅の目がきつくなった。

「すまぬな。なかなか居付きの中間というのは少なくてな」

相模屋伝兵衛が頭を下げた。

中間とは、一応武士身分となる若党《わかとう》と小者の間に位置する。刀は差せないが木刀を帯び、奉公している家の家紋を染め抜いた半纏《はんてん》を身につけ、行列や主の外出の供などをおこなう。

小者に比べて格が高いだけに、禄も多めに出さなければならない。

大名や高禄の知行《ちぎょう》持ち旗本ともなると、領地から賦役《ふえき》代わりに召し出すこともできるが、領国が遠い場合や金銭に余裕のない家だと、見栄えなどで入り用になったときだけ雇うことがほとんどであった。

こうやって雇われる中間を渡り中間と呼び、端から忠誠心などは持っていない。それどころか屋敷に町奉行の手が入らないことを利用して、中間部屋を博打場《ばくちば》にしたり、女中に無体《むたい》を仕掛けたり、碌でもない奴が多かった。

こういう事情もあり、大事な客から中間を求められたとき、口入れ屋は手配に苦労する。己のところに十年出入りしている渡り中間がいればまだいいが、出払っているときや最初から中間を扱っていないときなどは、付き合いがあり信用できる他の口入れ屋に頼ることになった。

「問題ないと思うわ。山路《やまじ》さんや播磨《はりま》さんの目を盗むことはできないでしょうし、玄馬さんに勝てるほどの者でもなさそうだし」

紅が手を振った。

「さて、では儂《わし》はそろそろ」

「忙しいの」

腰をあげかけた父に娘が寂しそうな声を出した。

「いや、もう店を仕舞うつもりだからな。仕事も長いお付き合いのお客さまだけにしているし」

「じゃあ、帰っても一人」

「袖吉《そできち》と一杯やるくらいかな」

相模屋伝兵衛が答えた。

「それなら、うちで夕餉《ゆうげ》をすませていって。袖吉は、人をやって呼ぶから」

「手間をかけるのは気兼ねだが……」

紅の誘いに相模屋伝兵衛が戸惑った。

「聡四郎さんも会いたいって言ってたわよ」

「おいおい、いつまで昔の呼び方をするんだ。旦那さまか、殿様と言わないか」

相模屋伝兵衛が母親になってからも変わらない紅に、渋い顔をした。

「いいのよ。聡四郎さんもそのほうがうれしいみたいだし」

「夫婦のことに口出しはしないが、せめて二人のとき以外は、ちゃんとしなさい」

「してるわよ。お父様の前だから気を抜いたの」

紅が唇を尖《とが》らせた。

「まったく……」

相模屋伝兵衛が嘆息した。

「それに紬もおじいちゃんと会いたいだろうし」

「紬さま」

いかにじつの孫でも吉宗の猶孫となれば、呼び捨てにするわけにはいかなかった。

「相変わらず堅いわ」

紅があきれた。

四

老中たちの執務部屋である上の御用部屋は、余人の立ち入りができなかった。

「ご一同」

老中の一人、久世大和守重之《くぜやまとのかみしげゆき》が一同に声をかけた。

「なにかの」

「どれ」

水野和泉守忠之《みずのいずみのかみただゆき》、戸田山城守忠真《とだやましろのかみただざね》が応じた。

通常五人ほどが定員とされている老中だが、将軍となった吉宗が意に沿わない松《まつ》平《だいら》紀《き》伊守《いのかみ》信庸《のぶつね》、阿部《あべ》豊後守正喬《まさたか》を続けて罷免、井上河内守正岑《いのうえかわちのかみまさみね》は吉宗の名代として寛永寺へ出向いており、その後新任として水野和泉守しか加えられなかったため、三人での執務となっていた。

「火鉢までお出でいただきたい」

久世大和守が上《かみ》の御用部屋中央に置かれている巨大な火鉢の前で要請した。

「……………」

真剣な眼差しになった水野和泉守、戸田山城守が火鉢の側に寄った。

「遠慮いたせ」

ちらと二人の顔を見た久世大和守が、奥右筆と御用部屋坊主を追い出した。

余人が入れぬとはいえ、老中だけでは執務はもちろん、茶一つ淹《い》れられない。そこで書き役として奥右筆が、茶や弁当の用意などの雑用掛《がかり》として御用部屋坊主を、特例として御用部屋に配していた。

「はっ」

密談のおりは、いつものことである。奥右筆、御用部屋坊主が一礼して、出ていった。

「よろしかろう」

久世大和守が準備は整ったとうなずいた。

「お二方、このままでよろしいとお考えか」

「なんのことでござろうか」

「…………」

老中になったばかりの水野和泉守が首をかしげ、老練な戸田山城守は沈黙した。

「水城右衛門大尉のことじゃ」

「惣目付の、水城か」

「それがなにか」

久世大和守の発言に水野和泉守と戸田山城守が微妙に意味合いの違う反応をした。

「山城守どのよ、無駄なことはなしに願いたいの」

すっと久世大和守が目を細めた。

「わかった。水城右衛門大尉が邪魔だと言われるのだな」

戸田山城守が表情を引き締めた。

「…………」

今度は用件を知った水野和泉守が黙った。

「御広敷用人とか、道中奉行副役とかであれば、なんの問題もない。いや、形だけとはいえ、公方さまの娘婿なのだ。もう少し格上の御先手組頭とか、書院番組頭でもいい。しかし、惣目付はよろしくない」

久世大和守が頰をゆがめた。

「天下のすべてを監察するというのは、たしかにやり過ぎでござる」

戸田山城守が久世大和守に同意した。

「少しよろしいかの。なぜ、惣目付がまずいのでござろうか」

水野和泉守がおずおずと問うた。

兄の死によって家督を継いだ水野和泉守は、融通の利く人物ではなかった。藩主となってまもなく赤穂《あこう》浪士事件があり、幕府の指示で矢頭右衛門七《やとうえもしち》、茅野和助《かやのわすけ》ら九人を預かったが、その扱いは悪く、寒中火鉢の差し入れや酒の提供もせず、あまりに寒いので夜具を増やして欲しいという浪士の願いも却下。切腹するまで監禁したままという有様であった。

「武士の情けを知らぬ」

「忠義を果たした者どもへの扱いではない」

浪士を厚遇した細川《ほそかわ》家との差異を、武士だけでなく庶民にまであげつらわれた。

浪士を切腹させておきながらその死を惜しんだ五代将軍綱吉にも嫌われたが、水野和泉守は幕府の指示に従っただけであり、その生真面目さが買われて奏者番《そうしゃばん》、若年寄、京都所司代《きょうとしょしだい》と要職を歴任、吉宗によって老中へと引きあげられた。

「惣目付はすべてを監察する。これはよろしいな」

久世大和守が若輩へ教えるように念を押した。

「承知しておる」

水野和泉守が首を縦に振った。

「すなわち惣目付は、御用部屋にも足を踏み入れられる。はっきり言おう。水城右衛門大尉は、我ら老中を咎めることができる」

「……馬鹿な。我らは老中でござるぞ」

聞かされた水野和泉守が驚愕した。

「まちがいござらぬ。奥右筆に確認したところ、惣目付は老中であろうが、京都所司代であろうが、咎めることができる」

「むうう」

戸田山城守に教えられた水野和泉守が唸った。

「老中をたかが旗本が見張るなど論外じゃ」

水野和泉守も怒った。

「廃止させるべきでござる」

「それがそうはいかぬのだ。なにせ、惣目付は公方さま直々の御命、言えば肝いりで新設されたもの。いかに御用部屋一同の総意でもなんともならぬ」

憤りのまま口にした水野和泉守を戸田山城守が諭した。

「我らが職を辞すると申しあげても……」

「無駄よ。それどころか、喜んでお認めくださろう。公方さまは吾が思うがままに政をなさりたいのだ。我らなど邪魔でしかない」

対抗策を出した水野和泉守に、久世大和守が首を横に振った。

「そんな……」

水野和泉守が顔色《がんしょく》をなくした。

「では、どうすればよいのだ。惣目付ごときの顔色を窺うなど御免でござる」

「儂も同じよ」

「拙者もたまらぬ」

我慢ならないと言った水野和泉守に久世大和守、戸田山城守が同じ思いだと応じた。

「そこでだ、この手はいかがなものかと愚案仕る」

「なにかよい手でも」

久世大和守の言葉に、戸田山城守が関心を見せた。

「是非、お聞かせ願いたい」

水野和泉守も身を乗り出した。

「されば、水城一人に力が集中しているのが問題なわけでござる。水城は公方さまの娘婿で腹心。水城の報告を公方さまは否定なさらぬ。それこそ、拙者を辞めさせるべきだと水城が上様へ申しあげれば、その日のうちに十徳《じっとく》が下賜《かし》される」

久世大和守がため息を吐いた。

十徳とは茶を楽しむときの衣装で、僧侶が身につけていた法衣《ほうい》を原型とした。これを下賜されるというのは、そろそろ身を引いて、茶でも楽しめという意味で、遠回しな罷免であった。

「辞めよ」

「老中の職を解く」

将軍が直接馘首《かくしゅ》を言い渡すのはよほど悪質なときだけで、執政を咎めるというのは己に他人を見る目がないと言っていることになるからだ。

他にも老中を務めるだけの家柄への配慮もあり、ほとんどの場合は十徳拝領という形を取った。

もちろん、十徳拝領を受けながらも辞めないときは、将軍の気遣いを無駄にしたとなり、本人だけでなく、減禄《げんろく》や転封《てんぽう》など家にも影響が出る。

「力を一人ではなく、分散させればよい。そう思われぬか」

「なるほど。惣目付を増やすと」

「いかにも。増やせば水城の影響力も下がりましょうし、同僚のほとんどに反対されれば、身動きしにくいでしょう。なにより、新しい惣目付のなかに我らが手の者を入れておけば、水城を告発することもできますぞ」

「妙案でござるな。いかに公方さまとはいえ、惣目付に与えたすべてを監察する権を無視することはできませぬでな。もし、水城を庇えば、惣目付は公方さまの恣意でどうにでもなるとなり、公正さを失う」

久世大和守の策を戸田山城守が称賛した。

「惣目付を維持したいなら、改革を進めたいなら、公方さまは訴追された水城を切り捨てるしかない」

「お見事」

滔々《とうとう》と語った久世大和守に水野和泉守が感嘆した。

「これでよろしいかの」

確認だと二人の顔を見た久世大和守に、戸田山城守も水野和泉守も異論を唱えることはなかった。


午前中の政務を終わらせ、中食《ちゅうじき》を小半刻ほどですませた吉宗は、ふたたび執務に戻った。

幼児であった七代将軍家継は論外としても、歴代の将軍は昼からは急な用件への対応だけで、ほとんど気儘に趣味の囲碁や将棋、小姓たちと歓談したりして過ごした。しかし、吉宗は、改革の実態を見せつけ、推進するため寸刻を惜しんで政に挑んでいた。

「公方さま、大和守さまがお目通りを願っておられまする」

小姓組頭が吉宗に声をかけた。

「久世大和守か」

「はい」

「八つ（午後二時ごろ）は過ぎておるな、遠江」

「そろそろ八つ半（午後三時ごろ）かと」

吉宗の手伝いをしていた加納遠江守が吉宗の問いに答えた。

「八つを過ぎてからの目通りか。珍しいの」

吉宗が一瞬考えた。

老中は昼を過ぎた八つに下城すると決まっていた。もちろん、多忙を極める老中の仕事は終わっていない。しかし、老中が遅くまで残っていては、仕事をすませた下僚たちが帰りたくとも気兼ねで帰ることはできないため、残った仕事を屋敷へ持ち帰り、八つには城から出るようにしていた。

その老中が下城時刻を過ぎてからの目通り希望である。吉宗が首をかしげたのも無理はなかった。

「いかがいたしましょうや」

小姓組頭が困惑しながら吉宗に可否を問うた。

将軍に次ぐ権力を持つ老中の機嫌を損ねることは避けたいが、かといって吉宗の指図に口出しはできないのだ。

「通せ」

吉宗が久世大和守の求めに応じると言った。

「それでは」

安堵の表情を隠すことなく、小姓組頭が久世大和守を呼びにいった。

「老中どもの顔色を窺う癖は消えぬの」

しっかり吉宗は、小姓組頭の葛藤《かっとう》を見抜いていた。

「いたしかたございませぬ。小姓ていどでは、老中の威光に押されまする」

加納遠江守が苦笑した。

「ふん。老中だ、大坂城代だといったところで徳川の家臣ではないか」

「神君家康公の遺訓がありますゆえ」

「あれか……」

吉宗が嫌そうな顔をした。

「まったく仕方のないこととはいえ、神君も要らぬことを遺《のこ》してくださったものだ」

神君の遺訓はいくつかあるが、その一つに「たとえ家臣とはいえ、宿老《しゅくろう》たちは徳川を支える柱である。当主といえども敬意を持って遇《ぐう》せよ」というのがあった。

三河《みかわ》一国も押さえきれなかった家康が、織田信長、豊臣秀吉《ひでよし》という英傑の下で生き残り、ついには天下人となれたのは、重代の家臣たちの犠牲による。徒《あだ》や疎《おろそ》かに思うべからずというものであり、当時の家康がそう口にしたのも政権を安定させるためのやむを得ない策、家臣たちの造反を防ぐためであった。

だが、神として扱われている家康の遺訓である。歴代の将軍はそうしているという振りだけでも見せなければならなかった。

そして老中たちは、それを当然として甘受《かんじゅ》してきた。

「そろそろ、君臣の境をはっきりさせねばならぬな」

吉宗が呟いた。

「急なお目通りをお許しくださり、大和守恐悦至極《きょうえつしごく》に存じます」

「かまわぬ。老中が刻限外に目通りを求める。天下の一大事であろう。将軍として真摯《しんし》に受け取らねばなるまい」

「…………」

さぞや重大な用件であろうと言った吉宗の皮肉に、久世大和守が気まずそうな表情で黙った。

「遠慮なく申すがよい。互いに暇な身ではない」

吉宗が急かした。

「はっ」

もう一度平伏してから、久世大和守が背筋を伸ばした。

「公方さまに、献策をいたすべく参じましてございまする」

いきなり用件ではなく、報告か、献策か、要望かをまず伝える。こうすることで聞かされる将軍に心の準備をさせる。

「許す」

献策と要望は、報告と違う。

「聞かぬ」

将軍から聞こうという許可が出なければそこまでとなった。

「畏れながら、惣目付にかんしまして、その役儀が多岐《たき》にわたり、またその権は余りに強く、一人では追いきれぬと推察仕りましてございまする。どうぞ、惣目付の増員をお考えいただきたく」

久世大和守が上申した。

「惣目付を増やすか」

「左様でございまする」

たしかめた吉宗に、久世大和守が首肯した。

「ならば、不要である」

吉宗が久世大和守の提案を却下した。

「なぜでございましょう」

久世大和守が惣目付増員を認めない理由を問うた。

「聞けば、大名目付も惣目付の役目になさったとか。とても一人でできることではございませぬ。水城右衛門大尉の身体が保ちますまい。少なくとも五人はいなければ難しいと愚考仕りまする」

「要らぬものは要らぬ」

増員の大義を口にした久世大和守に、吉宗が手を振った。

「訳をお聞かせいただきたく」

久世大和守が粘った。

「そなたらの肚《はら》のうちを躬が読めぬとでも思っておるのか」

吉宗が嘲笑を浮かべた。

「な、なんのことでございましょう。我ら執政衆は、徳川家に忠誠を捧げておりまする」

「徳川にであろう。躬にではない」

言いわけをする久世大和守を吉宗が鼻であしらった。

「…………」

「右衛門大尉の権を削《そ》ぐ。いや、右衛門大尉を訴追する。そのためには惣目付の名前が要る。それくらい、最初に躬が考えておらぬわけがなかろう」

「…………」

あきれた吉宗に、久世大和守が黙った。

「己の座にしがみつく醜さを悟れ。執政の役目は将軍の補佐であり、天下万民のために政をなす手伝いをすることである」

険しい表情で吉宗が久世大和守を糾弾した。

「忘れるでないぞ。そなたたちは、あくまでも家臣でしかないということを」

「……はっ」

釘を刺された久世大和守が頭を垂れた。

「下がれ。当分の間、そなたは顔を出すな」

「承知いたしました」

目通りを許さないと吉宗に言われた久世大和守が手を突いた。

別段、久世大和守は目通りできなくとも、まだ戸田山城守と水野和泉守がいる。

老中としての役目には、さほどの支障はなかった。

「愚かな」

御休息の間から久世大和守の姿が消えるなり、吉宗が吐き捨てた。

「あまりお責めになりませんよう」

「だからこそ、目通り叶わぬですませた。でなくば十徳拝領などというまだるっこしいまねもなく、この場で辞任を申しつけたわ」

敵を無駄に作るのは避けて欲しいと諫言した加納遠江守に、吉宗が返した。

「畏れ入りまする」

加納遠江守が頭を下げた。

「ですが、久世大和守さまの言われるのもまちがいではございませぬ。このままでは水城が潰れかねませせぬ」

「潰れぬわ。躬がそのていどの男に義理とはいえ娘を嫁がせるわけなかろうが。紅には、いくらでも使いようはあったのだぞ」

「公方さま……」

「わかっておる。こんな話が紅の耳に入れば、大事になる。紅と水城が敵になり、竹からも嫌われる」

あきれた目を向けた加納遠江守に、吉宗が苦笑した。

「それに人手不足もそろそろ解消できるはず。新しい目付どもは、惣目付の下に入ることを拒むまい」

吉宗が目付を惣目付の配下にすると言った。

「惣目付は水城一代で終わりじゃ。躬がそうしたとは申せ、あまりに権を持ちすぎている。心底、余に従う者でなくば、危なすぎる」

大きく吉宗が首を左右に振った。

第四章　上意討ち

一

当間土佐から預けられた磯辺、川杉、志津山、田尾、浜ら五人の甲賀者を引き連れて、名古屋の拠点に戻ってきた藤川義右衛門は、悄然《しょうぜん》として出迎えた鞘蔵に嘆息した。

「しくじったようだな」

「詫びの言葉もございませぬ」

確かめた藤川義右衛門に鞘蔵が平伏した。

「話せ」

経緯を藤川義右衛門が求めた。

「……働き手の若い男女の多くを失い、郷の維持も難しく、このままでは伊賀の技を継承できなくなる。二度と郷に近づくな。とくにお頭の姿を認めたときは、かならず殺すと」

「それで引きさがってきたのか」

鞘蔵の説明を聞いた藤川義右衛門があきれた。

「とても説得できるとは思えませぬ」

鞘蔵が首を横に振った。

「情けない。忍の技が続くかどうかなど、些細《ささい》なことだ。我らは幕府を敵に回して戦っている。勝てば金が抱えきれぬほど手に入る。負ければ伊賀は滅ぼされる。まさに極楽へ行くか、地獄へ落ちるかぞ。まったく、おまえもまだ甘い。甲賀ではなく伊賀へ向かったことは咎めぬが、成果をださなかったことは許せぬ」

藤川義右衛門が鞘蔵を叱った。

「すんだことは後でいい。まずは、甲賀から雇い入れた者たちを紹介しておく。右から……」

「磯辺弦太《げんた》」

「川杉左門《さもん》」

「志津山太郎兵衛《たろべえ》」

「田尾主水介《もんどのすけ》」

「浜風蔵《ふうぞう》」

五人の甲賀者が名乗った。

「雇い入れた……」

その一言に鞘蔵が険しい顔になった。

「我らが意思に同意をしてはもらえたが、郷も喰わねばならぬということだ」

藤川義右衛門が言いわけをした。

「……………」

鞘蔵が黙った。

「こやつが治田鞘蔵、吾が右腕である。吾が留守の間はこやつの指図に従うように」

「承知した」

甲賀者を代表して磯辺弦太がうなずいた。

「留守の間……どこかに行かれるのか」

鞘蔵が訊いた。

「吾がもう一度郷を訪ねてみる」

「無茶な。命を捨てにいくようなものだ」

猟師風の伊賀者を思いだした鞘蔵が、藤川義右衛門を止めた。

「大丈夫よ。江戸伊賀者随一《ずいいち》と怖れられた吾ぞ。たかが郷忍の五人や十人、どうということはない」

「しかし、郷すべてを敵に回すのは、いかにお頭とはいえ、難しゅうござる」

数の差は戦場を左右する最大の要因である。

鞘蔵の懸念は正しい。

「吾を疑うか」

「そういうわけではござらぬが……」

そう言われると肯定はできない。事実、藤川義右衛門の腕はかつての配下を含めてももっとも優れている。鞘蔵も腕利きと自負しているが、一対一で藤川義右衛門と戦えば、勝ち筋は髪の毛一筋分ほどしかない。

「なあに新しく郷長《さとおさ》になった男を殺せば、歯止めはなくなる。不満なく忍を続ける者などはおらぬ。少なくとも郷を割れる。吾の手練を見せてやる」

「郷を潰すと」

藤川義右衛門の考えに、鞘蔵が息を吞んだ。

江戸の伊賀者も家督を継ぐまでの間、伊賀の郷で忍の修行を積む。はるか百年以上前に分かれたとはいえ、千年以上親戚として狭い郷で辛苦《しんく》を分け合ってきたのだ。そのころのことを知らずとも、血のなかに郷への思いは刻まれていた。

「文句があると申すか」

「……いえ」

ぐっと睨まれた鞘蔵が首を左右に振った。

「ふん」

藤川義右衛門が鼻を鳴らした。

「では、吾が留守の間に名古屋の裏を攻略しておけ。やり方はわかっているな」

「江戸と同じでよろしいか」

命じられた鞘蔵が念を押した。

「それでいい。吾が帰って来るまでにせめて二つは手に入れておけ」

「承知」

一気に鞘蔵の雰囲気が剣吞《けんのん》なものへと変化した。忍にしてみれば、無頼や浪人などどれほどいようとも問題ない。それこそ虫をひねり潰すように片付けられる。

「うむ」

ようやく藤川義右衛門が満足そうな顔になった。


江戸町奉行は、その任にある間は役宅で過ごし、私邸へ帰ることはまずなかった。

「お奉行さま、お目付元谷左馬亮《さまのすけ》さまがお会いしたいとお見えでございまする」

役宅の玄関には、町奉行を務める旗本の家臣から選ばれた内与力が詰めている。

「元谷……用件は訊いたか」

「御用はと伺いましたが、お目にかかってからと」

己が悪いわけではないが、内与力が頭を下げた。

「この時期に面倒な」

中山出雲守が眉間《みけん》にしわを寄せた。

北町奉行中山出雲守は、小禄の納戸から納戸組頭、御腰物《おこしもの》奉行、目付、大坂東《ひがし》町《まち》奉行増役、勘定奉行を経て現職に至った能吏《のうり》である。

出世とはまったく縁のない御腰物奉行から目付という、類を見ない立身を遂げたのみならず、旗本の顕職とされる町奉行に就任した。

役人で他人のなしえない昇進をした者は、注意深い。決して危ない橋を渡らない。

渡るのは、十分な勝算があるときだけ。

当然、勝ち筋を見つけるには、状況を見極め、情報を集めなければならない。

中山出雲守は、目付が聡四郎を讒訴《ざんそ》しようとして吉宗に怒られたことを知っていた。また、それを不満に感じた目付たちが、病気療養を口実に職務を放棄していることも摑んでいた。

「ご多用につきとお断りを入れましょうか」

内与力が気を回した。

「そうよな……いや、なにを言い出すのか聞いておくべきだな。どこで役に立つかわからぬ」

少し考えた中山出雲守が会おうと言った。

「では、こちらへお通しいたしまする」

「頼んだ」

中山出雲守が客間ではなく、奉行執務部屋へ元谷を招くことにした。

元谷が内与力の案内で、書付を一枚処理するほどの間で中山出雲守のもとへやってきた。

「ご無沙汰をいたしております。ご活躍の段、存じております」

「ああ。おぬしも壮健のようでなによりじゃ」

元谷が目付になったばかりのころ、中山出雲守も同役であった。とはいえ、すぐに大坂へ遠国赴任したため一緒であったのは数カ月ではあったが、面識はあった。

「挨拶はそのくらいでよかろう。互いに職務に励まねばならぬ身。用件を聞かせてもらおう」

無駄話をする暇はないと中山出雲守が、元谷を急かした。

「わかりましてござる」

元谷が顔付きを真剣なものにした。

「出雲守どのは、我ら目付八人が休職いたしておることをご存じであろうか」

「いや、存ぜぬ。八人も同時に休職とは、穏やかではないの」

問われた中山出雲守が平然と応じた。

「目付の存亡にかかわることとゆえ、一同で相談いたし、登城を避けておりまする」

「……目付の存亡と言うか」

「いかにも。出雲守どのは惣目付の横暴をいかにお感じか」

「惣目付が横暴だというのは、初めて聞いた」

またも中山出雲守は顔色一つ変えることなく、返した。

「まだ町奉行までは、手が回らぬか」

元谷が呟いた。

「なんと……」

よく聞こえなかったと中山出雲守が首をかしげた。

「いや、なんでもござらぬ」

元谷が首を横に振って、ごまかした。

「さようか。で、その惣目付がどうしたと」

中山出雲守が本題を進めろと求めた。

「我らが懸念いたしておりますのが……」

目付たちが集まったところでした話を元谷が伝えた。

「ほう、火事場巡検を徒目付に」

「分不相応《ぶんふそうおう》でございますぞ」

「たしかに、徒目付が火事場をどうするかを決めることは越権、決して許されぬ」

元谷の憤りに中山出雲守も賛した。

「いや、お報せかたじけない。配下の与力、同心によく言い聞かせておこう。徒目付の報告を受けてはならぬと」

「さすがは出雲守どの。これで我らの憂いも晴れましてございまする」

中山出雲守の対応に元谷が歓喜した。

「いや、わざわざご苦労であった」

役目があるので、さっさと帰れと中山出雲守が暗に元谷を急がせた。

「いえ。ではこれにて」

それくらいのことはわかっている。元谷は一礼して立ちあがった。

「お送りいたして参りました」

内与力が元谷を役宅の大門まで見送って、戻ってきた。

「様子はいかがであった」

「何一つお話しになりませんでしたが、ご気色《きしょく》は悪くなかったようにお見受けいたしました」

元谷の様子を訊かれた内与力が答えた。

「そうか。では、吟味方与力をこれへ」

中山出雲守が北町奉行所の筆頭与力も兼ねる吟味方与力を呼んでこいと内与力に指示した。

「ただちに」

素早く内与力が動いた。

内与力は役宅の用事だけではなく、町奉行所に属する与力、同心と町奉行の間を取り持つ。身分としては一時的に町奉行所の役人となり、六十石を与えられる。十手を持つことも認められ、場合によっては捕り方が出張った後の町奉行所の差配もした。

「お召しだそうで」

吟味方与力が顔を出した。

「忙しいところをすまぬな」

町奉行は飾り、いや御輿《みこし》であり、町奉行所を実際に支配しているのは、筆頭与力である。その筆頭与力に嫌われれば、いかに町奉行といえども三日と保《も》たない。

中山出雲守は元谷へとは比べものにならないほどていねいな対応をした。

「いえ。今はさほど急ぎの御用もございませぬ」

吟味方与力が中山出雲守の気遣いに、首を横に振った。

「早速だが……」

中山出雲守が元谷の持ってきた話を吟味方与力に語った。

「徒目付どのが……なるほど。それを認めぬようにいたせと」

吟味方与力が中山出雲守の用件を推測した。

「徒目付の決定は受け付けずともよいが、目付が出張ったときは従来通りにいたしてくれるよう」

「お目付さまがお出張りならば、今までと変わらぬのではございませぬか」

吟味方与力が困惑した。

「これはおぬしだけで止めてもらいたい」

他言《たごん》無用だと中山出雲守が前置きをした。

「もちろんでございまする」

口の軽い町方役人は多い。もちろん、ただで口は軽くならない。話の内容に見合う以上の金を積まれたら、火で炙《あぶ》った蛤《はまぐり》になる。とはいえ、町奉行所内で留め置くべきを外へ漏らすことはなかった。ましてや町奉行と二人きりでの密談である。もし漏れたら、疑われる。

いかに町奉行所を仕切っている吟味方与力とはいえ、露骨に町奉行に忌避《きひ》されるのはまずい。

「あやつは……」

中山出雲守が徒目付に名前を告げるだけで、吟味方与力は終わる。家に傷がつく前に身を退くことになった。

一種、町奉行と筆頭与力でもある吟味方与力は相身互《あいみ》いであった。

「目付のなかの愚か者が公方さまに刃向かって、職務を放棄している」

「公方さまを敵に……」

吟味方与力が絶句した。

「その目付が通達してきたのよ。このまま信じられるか」

「まず疑うべきでございまする」

中山出雲守の問いかけに、吟味方与力が首肯した。

「公方さまのお怒りに、巻きこまれてはたまらぬ。というより公方さまは、すでに対応をなさっておられよう」

「はあ」

目通りできぬ町方与力である。吉宗の行動力や恐ろしさをわかってはいない。

「見たことのない者であろうとも目付と言ったならば、そう扱ってくれ」

「承知いたしましてございまする」

「とくに惣目付には注意をな」

「惣目付……水城さまでございましたか」

中山出雲守に言われた吟味方与力が思い出した。

「爆発の一件にかかわってくれていたな」

「公方さまのお孫さまを拐《かどわ》かすなどという大それたまねをしでかした連中を追いかけましてございまする。恥ずかしながら、結果は出せませず」

吟味方与力が悔しげな顔をした。

「今さらだが、我慢をしてくれよ」

御用聞きを手放さなければならなくなった原因が、それであった。中山出雲守は町方役人が、その腹立たしさを聡四郎にぶつけることを怖れた。

「ご懸念なく。公方さまに逆らうなどとんでもないことで」

吟味方与力が首を左右に振った。

「頼んだぞ。近いうちに御用聞きがこと、余から公方さまにお願いをいたすほどにな」

中山出雲守が吟味方与力をなだめた。

「大丈夫でございまする。公方さまがお止めになられたのは十手を使って御上の手先と名乗る御用聞き。十手を持っていない小者までは禁じられておりませぬ」

抜け道はあると、吟味方与力が口の端をゆがめた。

二

結局、大宮玄馬の伝手《つて》で水城家へ仕えた者は二人、どちらも三十俵二人扶持というかろうじて武士と言える身分であった。

「立身に身が合っておらぬ。今は少ないが辛抱してくれるように。いずれ落ち着いたらそれなりに遇するゆえな」

初御目見得の場で聡四郎が二人をなだめた。

「そのようなお気遣いまでいただくとは、かたじけのうございまする」

少し歳嵩に見える新規召し抱えの者が代表して礼を言い、もう一人も合わせて頭を下げた。

「わたくしは大宮玄馬どのの従兄弟《いとこ》にあたります涼宮克馬《すずみやかつま》でございまする。一応、小野派一刀流《おのいっとう》の目録でございまする」

歳嵩が名乗った。

「わたくしめは大宮家の隣家に住まいいたしておりまする毛利比次郎《もうりひじろう》と申しまする。剣術は恥ずかしながら、刀を持てるといったていどでございますが、算盤は他人《ひと》並みに使えまする」

もう一人の若侍が続けた。

「聞いた。長屋の場所など、入り用は玄馬が案内する。その前に会わせておこう。玄馬、紅をここへ」

「はっ」

二人に同席していた大宮玄馬が立ちあがった。

千五百石となって間もない水城家は、いまだ五百石だったときの屋敷に住んでいる。一応、表と奥に分けてはいるが、紅の開けっぴろげな性格もあり、その区別はかなり緩い。

「お見えでございまする」

待つほどもなく、大宮玄馬が紅を先導してきた。

「なにかしら」

紅が聡四郎の隣に座った。

「新しく仕えてくれる者だ。どちらも玄馬の紹介である。右手は涼宮克馬、剣術ができるゆえ、登城の供をさせるつもりである。左手が毛利比次郎、算盤が得意だと申すので、勘定方に組み入れようと考えている」

「克馬さんと比次郎さんね。あたしは紅」

「お、奥方さま」

「公方さまのご養女さま」

涼宮克馬と毛利比次郎が驚愕した。

「奥方さまというほどの出でもないし、公方さまとは血の繋がりもないわ。ご養女さまというのは勘弁して欲しいかな。奥方というのはうれしいけど」

ちらと紅が聡四郎を見た。

「とにかく、頑張って。旦那さまを支えてね」

「ははっ」

「身命《しんめい》を賭《と》しまして」

関係ないと言われたところで、吉宗の養女には違いないのだ。その養女から声をかけられた二人が感激に震えた。

「吾へのと随分違うな」

聡四郎が苦笑した。

「そう。用はこれだけ」

「悪かったな、呼び出して」

確かめた紅に聡四郎が軽く詫びた。

「じゃ、戻るわね。そろそろ紬がおなかを空かせるころだし」

紅が母親独特の透明な笑みを浮かべた。

「もう重湯《おもゆ》を与えてもよいのではないか」

離乳を始めてもと聡四郎が訊いた。

「わからないのよね。母がいないから訊く人もいないし」

眉を曇らせて、紅が困惑した。

紅の母は、早くに亡くなっている。さすがに乳離れはしていたが、重湯やうどん粉を柔らかくこねた団子などをいつから与えられていたのかの記憶は紅に残っていなかった。

「あっ」

「乳母役の者を義父上《ちちうえ》が連れてきてくれただろう」

言われた紅が思い出した。

「なんのための乳母役か」

「だって、乳母役ってさあ、あたしが留守したときに代わりをしてくれるんだとばかり……」

あきれた聡四郎に紅がしょげた。

「……よし。訊いてみよっ」

一瞬で紅が回復した。

「玄馬、袖は大丈夫だろうな」

「と思いますが、ずっと奥方さまに付いておりますので、多少の影響はやむを得ぬかと」

似てきていないだろうなと問うた聡四郎に大宮玄馬が目を泳がせた。

「まあ、気を付けることだ。では、玄馬、二人を預ける」

「はっ」

聡四郎の命に大宮玄馬が手を突いた。


花岡琢磨は加納遠江守から、城内の空き座敷に呼び出されていた。

「公方さまより、そなたへ密命である」

「はっ」

上座に立った加納遠江守に、花岡琢磨は下座で畏《かしこ》まった。

「目付の欠員を補充する。それにふさわしい人材を推挙いたせとの御諚である」

「推挙をお許しいただけまするか」

予想していなかった許可に花岡琢磨が目を見張った。

「目付の職責から考えて、そうあるべきであるとのお考えじゃ」

「かたじけのうございまする」

花岡琢磨が謝した。

目付の推薦という形を取ることで維持してきた独立性を吉宗は許した。独立しているからこそ、誰もが目付の正当性を認めている。花岡琢磨が感謝したのも無理はなかった。

「何人ほど推挙いたしましょう。今の空きは一人、三人ほどでよろしいか」

刑部津ノ介の後任を選ぶのだろうと花岡琢磨が推測した。

「最低で九人」

「九人……」

加納遠江守の出した数字に、花岡琢磨が絶句した。

「わたくし以外を総入れ替えなさるおつもり……」

その数が意味することを花岡琢磨は悟った。

「公明正大であるべき目付が、仮病を使うなど論外であると公方さまはお怒りである」

加納遠江守が告げた。

「仮病でございまするや」

「うむ。北町奉行中山出雲守が、公方さまへ報告をあげていた。昨日、元谷左馬亮が訪れたと」

「愚かな……」

聞いた花岡琢磨が嘆息した。

病気療養中だからといって外出が禁じられるわけではなかった。当然、医師への通院は問題にならないし、加持祈禱《かじきとう》をしてもらうという理由での神社仏閣参拝も許されている。さらに届けさえ出せば、箱根《はこね》や草津《くさつ》での湯治《とうじ》も認められた。

だが、一族でもない北町奉行への訪問は話にならなかった。

中山出雲守と会えるならば、登城して職務のまねごとでもとなる。

「目付として、元谷左馬亮をどうする」

「その職権を停止して、閉門、謹慎。容疑があきらかとなったところで評定所へ呼び出し」

加納遠江守に尋ねられた花岡琢磨が述べた。

「罪としてはどうなる」

「最後は公方さまがご裁断なさることになりますが、目付が法度を破った罪は重い。切腹は避けられませぬ」

花岡琢磨が苦い顔で答えた。

武家の切腹には改易が伴う。つまり先祖伝来の家名は途絶え、家族は親族のもとで肩身の狭い生涯を送ることになる。

もっとも評定所へ呼び出される前に自裁《じさい》すれば、そこで罪は清算された。さすがに家禄や家格がそのまま無事に受け継がれることは難しいが、家名は残る。

どちらにせよ、今回仮病を使った目付たちは死ぬことになる。

「わかったな、九人を推薦いたせ」

「はっ」

危うく九人が十人になるところであった。花岡琢磨が吉宗に従うと判断したことを思い出して安堵した。

登城した聡四郎は、吉宗に召し出された。

「刑部津ノ介に咎めを言い渡してこい」

「評定所を通じずともよろしいのでございましょうか」

吉宗の命に聡四郎が確認した。

目付は監察である。訴追はできても判決を下すことはできなかった。大名、旗本に罰を言い渡すのは、将軍あるいは評定所の権であった。

「躬がそなたに一任する。裁いてみせよ」

吉宗が言った。

「…………」

聡四郎は困惑した。

評定所での評決は、将軍が覆《くつがえ》せた。評定所が無罪と決めても、吉宗が放逐と言えば、そちらが勝る。

しかし、今回の聡四郎の役目は、最終の言い渡しであった。刑部津ノ介は聡四郎の判断に不足があっても、抗弁さえ許されない。

「重いか」

吉宗が訊いた。

「はい……」

その重さに聡四郎は震えた。

「ではございまするが、せねばならぬこととも承知いたしておりまする」

聡四郎が顔をあげた。

「なぜ、そう決意した」

「監察が要るのは、万民に天下へ信をおかせるためだからでございまする。御上役人が法度に従わぬ、あるいは台命を無視する。そのようなことがあれば、万民は御上を疑いましょう。己たちの好きにしていると。そう万民が思ったとき、天下は揺らぎまする。鎌倉《かまくら》、室町《むろまち》が滅んだのは、幕府が万民を忘れたから。それを徳川家の幕府で起こしてはなりませぬ。泣いて馬謖《ばしょく》を斬る。それができてこそ、御上は天下たりえまする」

吉宗の問いに、聡四郎は述べた。

「少しはできるようになったの。惣目付にそなたを任じた甲斐があったわ」

満足そうに吉宗がうなずいた。

「では、恨まれて来い」

「はっ」

吉宗の酷な指図を聡四郎は呑みこんだ。

聡四郎は徒目付を二人連れて、刑部津ノ介の屋敷を訪れた。

「開門いたせ。上使《じょうし》として惣目付水城右衛門大尉さまお出でである」

先触れに出た徒目付が、表門の前で声を張りあげた。

「上使……し、しばしお待ちを」

門番がなかから応答した。

「たすきを掛け、袴の股立《ももだ》ちを取れ」

「えっ」

「それは」

聡四郎の指示に徒目付が戸惑った。

「上使を待たせる。その意味するところを考えろ。閉門を命じられた咎人はどうする」

すぐに開門しなかったことに、聡四郎の目つきが変わった。

「……手向かいすると」

「なかで待ち伏せの用意をいたしておる……」

言われた徒目付たちの顔色が変わった。

「心配いたすな。吾も用意をする」

もう手慣れたものだ。聡四郎は刀の下《さ》げ緒《お》を解くと手早くたすきを掛け、袴の裾をたくし上げて、帯に挟んだ。

「………」

上司が準備をしたにもかかわらず、配下が呆然としているわけにはいかない。二人の徒目付も無言のうちに形《なり》を整えた。

「刀の目釘《めくぎ》を湿しておけよ。戦っているうちに刀身が緩むぞ」

告げながら、聡四郎は太刀の目釘を唾液で湿した。

「はっ」

「ただちに」

徒目付たちも同じように目釘を濡らした。

目釘は刀を鞘に止めておくためのもので、大概は五分《ぶ》(約一・五センチ)ほどで、刀身に空いた穴に合わせて削いだ楔《くさび》状の竹が使われていた。

刀を鞘に止めておくとはいえ、振り回したり、打ち当てたりすると振動で目釘が緩む。目釘が緩めば、鞘のなかで刀身が暴れ、刃筋が合わなくなる。

それならまだいいが、下手をすると目釘が抜け落ちて、刀身が飛んでいってしまうこともある。

そうなっては困るので、目釘を唾液、あるいは水などで濡らし、竹を膨張させて、しっかりと刀身を鞘と嚙み合わす。

いうまでもなく、戦いが終われば、目釘は交換しなければならないし、刀身も錆《さ》びないように手入れをすることとなった。

「……………」

戦の用意をして聡四郎たちは開門を待った。

閉門を言い渡された者はその間、月代《さかやき》も髭《ひげ》も剃ることは遠慮しなければならない。

入浴までは禁じられないが、乱れた月代、伸びた髭のせいで、小汚く見える。

「殿、ご上使として惣目付水城右衛門大尉さまがお見えでございまする」

門番から取次を引き継いだ近侍が、刑部津ノ介へ報告した。

「惣目付が来たか」

聞いた刑部津ノ介の目が据わった。

「お使番《つかいばん》ならば、まだ釈明の機会があったろうが」

使番は将軍の上使だけでなく、評定所への呼び出しなどもおこなう。評定所への呼び出しであれば、まだ罪は確定していないし、基本、吉宗はかかわらない。それこそ、うまく評定所での審判を言い逃れられたら、辞職、減禄ていどですむ可能性もあった。

「切腹、改易と決まったわ」

惣目付が上使として来た。これは吉宗の意思であり、覆せなかった。あれだけ吉宗を怒らせたのだ、刑部津ノ介も己の運命を悟った。

「と、殿……」

聞いていた近侍《きんじ》が蒼白《そうはく》になった。

主家《しゅか》が潰れれば、家臣は浪人になる。改易となれば、屋敷も財産も収公《しゅうこう》されてしまう。さすがに家臣にまで累《るい》は及ばないが、いきなり明日から宿なし、金なしになる。当然、そんな家に家臣を仕官させようという物好きな武家はない。

「あやつさえいなければ、こんな憂き目に遭うことなどなかった」

惣目付という目付の上となる役職ができたことが不満の端緒であり、それに就任した聡四郎も腹立たしい。その聡四郎が大奥で大事件を起こした。これぞ好機と吉宗に訴追したのが転落の始まりであり、目付としての、旗本としての終わりであった。

「槍を持て」

「殿……なにを」

立ちあがって叫んだ刑部津ノ介に、近侍が唖然とした。

「もう、刑部の家は終わりじゃ。ならば、せめてあやつだけでも道連れにしてくれるわ」

刑部津ノ介の頭に血が上った。

「御上に逆らわれるおつもりか」

「ふん、どうせ死ぬのだ。謀反《むほん》でもなんでもしてくれるわ。惣目付を討ち果たし、見事腹切って、公方さまに吾の死にざまを見せてくれる」

もう刑部津ノ介は覚悟していた。

「そなたたちは好きにいたせ。何一つ分けてやることもできぬが、せいぜいあがいて生きよ」

刑部津ノ介が何ごとかと集まってきた家臣たちに告げた。

「殿が切腹」

「お家は改易だと」

家臣たちがざわついた。

「このまま生きていけるか」

一人の家臣が口を開いた。

「女房、娘を吉原《よしわら》に堕とすなどできぬわ」

別の家臣が首を横に振った。

「死んでどうする」

「御上に刃を向けるなど」

なかには冷静な者もいた。

「数年、いや数月で飢えて死ぬくらいならば、華々しく散るわ。武士の気概、明日なしこそ武士道じゃ。そう思う者は殿に続け」

「おう」

「一刀でも浴びせて、吾が無念を」

気勢を上げた連中が、刑部津ノ介の後を追った。

「付き合いきれん」

「なんぞないか」

死ぬ気のない連中が、当主の居間を漁《あさ》り始めた。

詳しい内容まではわからないが、なかの騒ぎは外まで聞こえていた。

「……ふう」

聡四郎は首を小さく左右に振った。

「惣目付さま」

不安そうに徒目付が聡四郎を見た。

「大丈夫じゃ。すべての家臣が敵に回ったところで、十人には届かぬ」

五百石から千石の旗本は、軍役に従えば十人から二十一人の家臣を引き連れて、戦場へ出なければならないと定められていた。

しかし、戦がなくなって百年近く、財政の苦しくなった旗本が軍役どおりの数を抱えているはずはなかった。もちろん、目付という監査役は人員合わせをしなければならないが、新規召し抱えをしていると、役目を離れたときに厳しい。一期半期の奉公人を若党として武士身分にするのが関の山である。

そんな奉公人が主と一緒に戦って死ぬなどあり得なかった。

「開門いたせえ」

刑部津ノ介が声を張りあげた。

表門が内側へと引き開けられていく。

「…………」

「まだだ。得物を手にしているか、抜いているかを確認してからでないと」

逸《はや》った徒目付が前に出ようとするのを、聡四郎が制した。

相手に戦うつもりがなかったという言いわけをされてはまずい。白刃を見せれば、敵対するとの表明になった。

「ですが……」

初めての斬り合いで冷静に対処できる者は少ない。出遅れることが怖いのだ。

「落ち着け、息を吐け、吸え」

聡四郎が徒目付たちに助言した。

大きく肺に空気を取りこむには、まずなかにある古い息を吐き出さなければならない。桶でも残っている水を捨ててこそ、新しい水が汲める。

「……はあ」

徒目付たちが深呼吸をした。

「見ていろ」

するすると地を滑るように聡四郎が、刑部津ノ介に近づいた。

「得物を捨てよ。上使である。手向かいするならば、謀反人として処断いたす」

聡四郎が立ち塞がった。

「うるさい。あれを将軍だとは認めぬ」

刑部津ノ介が吉宗を讒《ざん》した。

「家臣どももそれでよいのだな」

聡四郎は刑部津ノ介を無視して、その後ろにたむろしている家臣たちに問いかけた。

「譜代の主君をお一人にはできぬ」

「潰される側の思いを知るがいい」

家臣たちも興奮していた。

「さようか」

それ以上の言葉を聡四郎は口にする気はなかった。

「後ろに抜けようとした者だけ、討ち果たせ。決して吾より前に出てはならぬ」

目を刑部津ノ介に据えたままで、聡四郎が徒目付たちに命じた。

「やあ、やあ」

刑部津ノ介が槍を繰り出しては引きを繰り返し、その感触を確かめた。

「……………」

動きを読んだ聡四郎が、槍を繰り出した瞬間に走った。

「あわっ」

槍は手元に引きこまないと、伸びきったままでは攻撃しにくい。薙《な》ぐにしても、刃先は刀に比べて、はるかに短いのだ。

その刃先の間合いを聡四郎は割った。

「くっ」

あわてて刑部津ノ介が槍を引こうとした。

「遅いわ」

聡四郎はそのまま身体を前傾させ、太刀を振りあげた。

「ま、待て……」

そもそも旗本で槍一筋の家柄だからと選んだか、少しでも遠くから攻撃をしたいからか、慣れない武器を得物として持ちだした段階で刑部津ノ介の運命は決まっていた。

「成敗《せいばい》」

あくまでもこちらに義があると、聡四郎は言いながら太刀を斬り降ろした。

「待ってくれと……」

刑部津ノ介の末期《まつご》は嘆願であった。

「殿」

「おのれっ」

「仇《かたき》」

主君の死に家臣たちが怒って、聡四郎へ向かってきた。

「惣目付さまっ」

「危のうござる」

徒目付たちが悲壮な声で注意をうながした。

「見ておけ」

聡四郎は一放流の型、右肩に刀の峰を乗せたまま、敵を待ち受けた。

多人数を相手にするときは、一対一の状況に持ちこむのが定石《じょうせき》であった。

「来い、浪人ども」

聡四郎は家臣たちを煽った。

「わああ」

「うるさい」

恐怖のもとを口にされた家臣たちの頭により血が上った。

冷静に数で囲めば、宮本武蔵《みやもとむさし》であろうが、伊藤一刀斎《いとういっとうさい》であろうが、討ち取れる。

腕の差は勝負の大きな要因になるが、絶対条件ではない。

しかし、逆上してしまうと、連携など忘れてしまう。とにかく、刀を届かせて殺す、これしか考えられなくなる。

こうなると足の速さ、剣術の修練などの差が露骨に出て、聡四郎との間合いに差が出てしまう。

そう、わずかな差とはいえ、一対一の状況になる。

「ぬえい」

戦場で鎧《よろい》武者《むしゃ》を兜ごと唐竹《からたけ》割りにするために編み出された一放流の一撃は、最初に間合いに入った家臣を、一撃で両断した。

「うぷっ」

「ひいっ」

すぐ後ろに付いていたため血しぶきをまともに浴びた家臣がたたらを踏み、酸鼻《さんび》な死に方をした同僚の姿に残った一人が怯《おび》えた。

ここに数の優位は完全に消えた。

「ぬん」

下段から斬りあげて、血まみれの家臣の下腹を裂き、そのまま勢いを残して怯えた者の首根を刎《は》ねる。

聡四郎は流れるような動きで、二人の家臣を屠った。

「あああ、腸《はらわた》が溢れる」

下腹を切られても即死はしない。血まみれの家臣が切り口から腹圧で押し出されそうな腸を両手で押さえようとした。

「ぐえええ」

「うっ」

徒目付たちが、すさまじさに嘔吐《おうと》した。

「まだやるか」

聡四郎が血刀を、遠巻きにしている家臣たちに向けた。

「……いえ」

歳嵩の家臣が膝を突いた。

「我ら一同お手向かいはいたしませぬ」

「そなたは」

「当家の用人、中村膳《なかむらぜん》右衛門《えもん》と申しまする」

問われた歳嵩の家臣が名乗った。

用人は大名でいうところの家老に当たる。旗本の家政を一手にする重臣であった。

「殊勝《しゅしょう》である」

聡四郎が中村膳右衛門にうなずいた。

「見ていたとおり、刑部津ノ介は謀反をおこなったゆえ成敗した」

「はい」

確認した聡四郎に中村膳右衛門が頭を垂れた。

「いうまでもなく、謀反は族滅《ぞくめつ》の大罪である。刑部津ノ介の家族について申し述べよ」

吉宗は連座制を廃止していたが、これはあくまでも町民だけであり、武家には適用されていなかった。つまり、謀反をすれば、一門すべてが死罪となる。ただし、女は武士ではないとされ、死一等を減じて流罪《るざい》となる慣例であった。

「奥方さま、ご嫡男さま、ご次男さま、ご三女さま、そしてご嫡男さまの奥方さま、ご長男さままでございまする」

「三女と申したの。長女と次女はいかがいたした」

聡四郎が問うた。

「お二人とも縁づかれておりまする」

中村膳右衛門が答えた。

「義絶は届けてあるな」

「お届けいたしております る」

念を押した聡四郎に、中村膳右衛門が安堵の息を漏らした。

目付はその役目の性格上、一門に配慮したと思われては困る。そのため、目付になった者は、一門、家族で他家に養子、あるいは嫁いだ者を義絶するのが慣例であった。

「ならば、よし」

届けが出ていないと義絶は無効になる。娘だけでなく、その夫、子供も処罰の対象となった。

「では、そなたにしばし屋敷を預ける」

「ははっ」

中村膳右衛門が平伏した。

「哀れなれど、正室以下一門をすべて謹慎させよ。万一、一人でも逃げ出すようなことがあれば、義絶はなかったことになるぞ」

「逃げ出されるような卑怯未練なお方はおられませぬ」

聡四郎の忠告に、中村膳右衛門が矜持はあると返した。

「うむ。逃げ出さねばよい、逃げ出さねばの」

わざと聡四郎は逃げるなと重ねた。

「……かたじけのうございまする」

ようやく中村膳右衛門が気づいた。

謀反による連座は斬首になる。武士としてこれほどの不名誉はなく、切腹ではなく斬首された場合、将来にわたって御家復興の望みはほぼなくなる。しかし、斬首刑が執行される前に自ら切腹した場合は、親の罪を命をもって贖《あがな》ったとなり、改易になった家も将軍代替わりなどの慶事で特赦され、微禄ながら再興が許されることもありえた。

「刑部津ノ介が死体は片付けることを許さぬ。伴った者どももである」

「お情けをいただきとう存じまする」

中村膳右衛門が聡四郎を見上げた。

「罪人でもお白州でお情けの薦《こも》を与えられるという。よろしかろう、筵《むしろ》一枚かぶせても苦しからず」

聡四郎が許可を出した。

「権沢《ごんざわ》、谷《たに》、そなたらはここに残り、表門を閉じさせせよ」

「裏はいかがいたしましょう」

徒目付の一人が尋ねた。

「破れば、すべての情けを失う。放置してよい」

表門を徒目付に監視させるのは、内からではなく、外からの手出しを防ぐためであった。わざわざ徒目付が見張っている屋敷に押し入ろうとする者はいない。もし、すれば刑部津ノ介の連座を喰らう。

「承知いたしましてございまする」

徒目付二人が首を縦に振った。

三

聡四郎の報告を吉宗は苦い顔で受けた。

「そのような愚か者が、目付をしていたとは……」

吉宗が嘆いた。

「旗本の俊英と呼ばれ、また自負していた目付が、上使を迎えて従容《しょうよう》と死につくならわかるが、血迷って槍を振り回すなど論外じゃ。目付でさえそうなのだ。他は推《お》して知るべしである」

「…………」

肯定も否定もしにくい。聡四郎は平伏したままで黙った。

「まあよい。これから変えていけばよいのだからな」

吉宗が気持ちを切り替えた。

「下がってよいぞ」

「はっ」

聡四郎は御前から退出した。

「遠江、他人《ひと》払いをいたせ」

「聞いたな」

吉宗の命を加納遠江守が、小姓、小納戸《こなんど》へ振った。

「では」

皆、吉宗の気性を知っている。ここで愚図《ぐず》りでもしたら、たちまち怒りが落ちる。将軍の側近くという出世街道のど真ん中が、いきなり山のなかになりかねない。

そそくさと小姓と小納戸が御休息の間を出ていった。

「源左《げんざ》」

「これに」

天井裏から声が返ってきた。

「藤川のこと、なにか知れたか」

「名古屋へ潜んだまではわかっておりまするが……」

「手が足りぬか」

申しわけなさそうな庭之者村垣源左衛門《むらがきげんざえもん》の声に、吉宗が苦笑した。

「いささか」

「悪いが、庭之者をいきなり増員するのは難しい」

庭之者は吉宗が絶対の信頼を置く懐刀《ふところがたな》である。吉宗の弱点である長男長福丸と猶孫紬の警固に人数を割かねばならぬうえ、吉宗の過去である紀州の守りも薄くはできない。

「御広敷伊賀者を使わせていただいても」

村垣がおそるおそる頼んだ。

「それはならぬ」

吉宗が首を左右に振った。

「御広敷伊賀者はまだ信頼ができぬ」

「差し出たことを申しました」

天井裏で村垣が詫びた。

「不安ではあるが、藤川が名古屋ならば安心である。いや、名古屋か。そろそろ尾張の当主を代えてもいい時期でもある。躬に従わぬ継友《つぐとも》を廃し、通春《みちはる》を当主に据えれば、名古屋も使いものになろう」

妙案だと吉宗が首を縦に振った。

通春は継友の異母弟ながら、どこにも養子に出ていない。生まれなどの境遇が似ていることから、吉宗のお気に入りであった。

「継友を隠居させるようにいたせ」

「承りました」

村垣が承諾した。

「……公方さま」

将軍と庭之者の遣り取りが終わるのを待っていたように、加納遠江守が吉宗へ身体を向けた。

「どうした」

吉宗が怪訝な顔をした。

「なぜ水城を同席させられませなんだ。御広敷伊賀者は水城の配下としてお付けになられたはずでございまする」

加納遠江守が疑問を口にした。

「なにもかも水城に知らせるのはよろしくなかろう」

吉宗が続けた。

「水城の重用《ちようよう》が多くの幕臣どもの不満を生んでいるのはわかっておる。ようは醜い嫉妬《しつと》だな。小物のひがみと無視してもよいが、そういった輩ほど、他人の足を引っ張るのはうまい。水城の役目が重くなるほど、有象無象《うぞうむぞう》の嫌がらせが邪魔になる。それでは、あやつに惣目付をさせる意味はない」

「それで他人払いの前に、下がらせたのでございますな」

「ああ。そうしておけば、今回の密談に水城は加えてもらえなかったと皆知ろう。どうせ、小姓や小納戸が言いふらすだろうからな。どのていどの効果があるかはわからぬが、これで一人でも水城を甘く見る者が出てくれればよい」

吉宗にとって聡四郎は信頼できるだけでなく、表で堂々と戦える貴重な武力であった。いうまでもなく、吉宗には庭之者という最強の隠密がいる。だが、庭之者は陰なのだ。

「公方さまの思《おぼ》し召しである」

隠密はその正体を知られてはならない。顔を知られた隠密など、使いどころがなくなってしまう。

「某が屋敷で死んでいたそうだ」

「公方さまか……」

「ではないか。あやつはやりすぎた」

密かに噂は流れるだろうが、それを確定することは難しい。

ただ、その裏にいるのは吉宗ではないかという推測しかできない。

「恐ろしいお方じゃ」

幽霊や妖怪のように、人は確定できないものへの恐怖を本能として持っている。

裏で庭之者を使っての懲罰は、吉宗を畏怖《いふ》させ、その言うことに従わせる効果はある。

だが、この得体の知れない恐怖というのには期限がある。一度それがあってから、長年使わなければ、恐怖は薄れてしまう。そうなればとくり返せば、恐怖に慣れてしまう。

「上意《じょうい》討ちじゃ」

「成敗」

対して表の脅威は、聡四郎が健在である限り、記憶は薄れない。

「抗《あらが》うのだな」

柄に手をかけた聡四郎がこう凄《すご》むだけで、相手は萎縮《いしゅく》してくれる。

吉宗には、聡四郎以外にも加納遠江守、有馬兵庫頭《ありまひょうごのかみ》など腹心はいる。しかし、誰も政務に優れてはいても、刀はまともに遣えなかった。

いや、まったく遣えないというわけではなく、万一のとき吉宗の盾になるくらいはできる。

「はあはあはあ」

相手を討ち果たしたとして、加納遠江守が傷だらけの身体で荒い息を吐いていては強さの証明はならないどころか、弱いと侮られる。

吉宗の剣は銘刀でなければならない。つまり圧勝しなければならなかった。

それを表でできるのは、はっきり言って聡四郎だけなのだ。

「惣目付には、目立つところで働いてもらう」

吉宗が宣言した。

「お心のままに」

加納遠江守が頭を垂れた。

「ところで、遠江。目付の増員はどうなっておる」

吉宗が話を変えた。

「花岡琢磨にはお指図を伝えてございまする。まだ一日、二日でございますれば、結果は出ておらぬかと」

「進んでおるかどうかだけでも確かめておきたいの」

目付はさほど重要な役目ではなかった。勘定方のように明日どころか、いなくなった瞬間に困ることはない。

もともと監察など幕府がちゃんと回っていれば不要なものである。とはいえ、監察のない幕府や大名など、なにをしでかしても不思議ではないだけに、民たちの不信を招く。

目付の意義を吉宗はしっかりと理解していた。

「問うて参りましょう」

加納遠江守が一礼して腰をあげた。

花岡琢磨は、奥右筆の補任《ぶにん》担当から借りてきた身上書《しんじょうしょ》を見ていた。

「こやつはだめだ」

奥右筆は公式の記憶とされている。そして表に出せない傷を決して忘れないのが目付である。

「借財がかなりになる」

花岡琢磨が身上書を脇へ置いた。

「……これもいかぬ。弟が養子先で賭博《とばく》をしておる」

二枚目も花岡琢磨は脇へ重ねた。

奥右筆のもとには、無役の者が役付になりたいと願う書類、役付が出世を求める書付と、自薦の身上書が積みあげられている。

補任係はそれを読んで、欠員の出たところへふさわしいと思える者を推薦する。

「この者の能力は十分に……」

「補充にふさわしいかと」

純粋に能力で推挙することもあるが、ほとんどは賄賂の金額で決める。

「……話にならぬ」

朝から昼過ぎまで、身上書を読んだが、一人とて及第点に達した者はなかった。

「加納遠江守である。花岡琢磨はおるか」

「……あれは」

襖の外で待機しているお城坊主に問うた声に、花岡琢磨は反応した。

「御用でございましょうか」

今の花岡琢磨にとって、加納遠江守は将来を左右する影響力を持つ一人である。お城坊主の取次を待たず、花岡琢磨が目付部屋から出た。

「おお、いたか。坊主衆、空き座敷はどこだ」

花岡琢磨を見た加納遠江守がお城坊主に話のできる場所を問うた。

目付部屋には花岡琢磨しかいないとわかっていても、加納遠江守は足を踏み入れようとはしなかった。

上の御用部屋ほど厳格ではないが、目付部屋には他見をはばかるものが山のようにある。いいや、それしかない。

それを目付以外の者が見るのは、いろいろなところに支障をきたす。そのため目付部屋は禁足の地として扱われていた。

吉宗の寵臣だけに、こういった決まりには厳格でなければならない。

「甘い」

「腹心はおかわいいと見ゆる」

加納遠江守の行動一つで吉宗の評判に傷が付く。

「そちらの座敷が空いておりまする」

お城坊主がすっと空き座敷の前へと移動し、襖を開けた。

「うむ。花岡、参れ」

うなずいた加納遠江守が空き座敷へ入った。

「盗み聞きは、許さぬ」

続きながら花岡琢磨がお城坊主に釘を刺した。

「は、はい」

殿中で敵に回せば老中でも仕事にならないと言われているお城坊主でも、目付は怖い。目付にはお城坊主を糾弾する権があり、糾弾されるだけの材料をお城坊主は抱いている。

案内したお城坊主が、震えあがった。

「お待たせをいたしましてございまする」

「かまわぬ」

花岡琢磨が詫びたが、加納遠江守はお城坊主への警告だと気づいている。加納遠江守が手を振った。

「さっそくだが、公方さまが新たな目付選びの進捗《しんちょく》をお気になさっておられる。ついては、現在の状況をつまびらかに話せ」

加納遠江守が用件を告げた。

「公方さまのお気を煩《わずら》わせてしまったこと、申しわけなく、深く恥じ入りまする」

将軍が気にしたというだけで、役人は謝罪をするのが形であった。

「では、あらためまして……」

花岡琢磨が頭を上げて語った。

「……なんとも情けなきことよな」

聞き終わった加納遠江守が嘆息した。

「わたくしの力及ばず……」

もう一度花岡琢磨が頭を下げた。

「そなたのせいではないわ。それだけ旗本に人がおらぬということだ」

加納遠江守が花岡琢磨の責任ではないと手を振った。

「されど困ったの」

「奥右筆部屋の身上書が信用できませぬ」

ため息を漏らした加納遠江守に花岡琢磨が憤りを見せた。

「奥右筆は惣目付の軍門に降《くだ》っておる。おそらく身上書はその前のものであろう」

加納遠江守が苦笑した。

「……遠江守さま」

少し逡巡《しゅんじゅん》してから、花岡琢磨が加納遠江守の顔を見た。

「申してみよ」

「八人の目付のうち幾人かを呼び返してはいけませぬか。多勢の意見に引きずられた者が幾人かおりまする。拙者が正理《せいり》を説けば、復帰いたしましょう」

許可を受けて花岡琢磨が提案した。

「それはならぬ」

きっぱりと加納遠江守が拒否をした。

「公方さまを欺すだけでも論外であるに、そのうえ惣目付を陥《おとしい》れようなどとしたのでは、お許しが出るはずはない」

「…………」

花岡琢磨が不満げな顔で黙った。

「不足か」

「いえ、そのような」

気づいた加納遠江守に指摘されて花岡琢磨が否定した。

「顔に出ておるわ。監察がそのていどの腹芸ができずしてどうする」

「申しわけございませぬ」

叱られた花岡琢磨が謝罪した。

「公方さまにお話ししておく。推薦は十人にいたせ」

「……十人、それではっ」

もともと目付は十人だった。最初花岡琢磨を除く九人の入れ替えであったのが、十人になった。つまり、加納遠江守は花岡琢磨も目付から外すと宣したのだ。

「だから顔に出すなと言った」

気色《けしき》ばんだ花岡琢磨に加納遠江守があきれた。

「ですが……」

「落ち着いて話は最後まで聞かぬか」

腰を浮かしかけた花岡琢磨を加納遠江守が制した。

「新たな目付を推薦した功績をもって、そなたを遠国奉行へ推挙してやる」

「お、遠国奉行でございますか」

花岡琢磨が驚いた。

目付というのは役目柄、要路《ようろ》との付き合いがない。そのため出世街道から外れて、十年以上現職のままという者も多い。というか、半数近くは目付を上がりとする。ようは出世の行きどまりだった。

一方で、目付から引き立てられた者は出世が早い。北町奉行の中山出雲守も目付から大坂東町奉行へ異動、そこから勘定奉行、北町奉行と立身を重ねている。それ以外でも目付から長崎奉行、京都町奉行などに転じた者はいる。

「で、では……」

花岡琢磨が怒りを吹っ飛ばした。

遠国奉行のうち大坂町奉行あるいは京都町奉行を経験した目付は、まずよほどの失策をしなければ、江戸町奉行になっている。

目付以上は布衣《ほい》格であり、あるていどの年数を勤めあげたら、辞職した後小普請ではなく、寄合《よりあい》格扱いを受ける。寄合は家柄などで格別扱いされる家もあるが、基本三千石以上の旗本が無役の間在籍する名誉あるもので、小普請と違って新たな役にも就きやすいし、その役目も小姓だとか先手組頭《さきてくみがしら》だとか、出世しやすいものになる。

といったところで、寄合格は一代限りであることが普通で、息子に家督を譲れば、小普請へと落とされる。だが、町奉行までいけば、格の文字が取れる。末代まで寄合でいられるのだ。いうまでもなく家禄もそれに恥じないくらいまで増やしてもらえる。

花岡琢磨が歓喜したのも無理はなかった。

「推挙するだけで、それを公方さまがお受けになるかどうかはわからぬが、お話をすることは約束しよう」

加納遠江守が告げた。

御側御用取次は吉宗側近中の側近である。その加納遠江守の言となれば、吉宗も拒むことはまず考えられない。

「かたじけのうございまする」

先ほどの不満などなんの話かと言わぬばかりの表情で、花岡琢磨が加納遠江守に礼を述べた。

第五章　表の闇　裏の闇

一

藤川義右衛門は伊勢街道からではなく、東海道の鈴鹿《すずか》峠越えを選んだ。

鈴鹿峠は箱根ほどではないが、東海道の難所の一つとして知られている。山道が険しいのもあるが、なぜか鈴鹿は天候が急変しやすい。

「……降ってきたか」

菅笠《すげがさ》に当たる雨の音に、藤川義右衛門が空を見上げた。

旅に雨は禁物であった。とくに坂をあがったり下ったりしているときなどは、滑る、転ぶ、疲れると碌でもない目に遭う。下手をすれば、体勢を崩して、崖下へ落ちてということもままあった。

「…………」

藤川義右衛門がすっと身を地に這うように低くした。

「いい勘をしている」

鈴鹿峠のどこからか、含むような声が聞こえた。

「勘ではないわ。おまえがそこにいるとわかっていたゆえ、屈《かが》むだけでかわせたのよ」

嘲笑を浮かべた藤川義右衛門が言い返した。

「つっ」

それが真実だとわかった声が詰まった。

「郷の者だな」

「そなたを阻む者よ」

確かめた藤川義右衛門に、声が気を取り直した。

「手裏剣も当てられぬのにか」

藤川義右衛門があきれた。

「…………」

先ほどとは違う方向から棒手裏剣が二本、わずかな遅速《ちそく》を持ちながら襲い来た。

遅速をつけたのは、一本目に気を奪わせて、二本目で仕留めるためであった。

「甘いな」

嗤いながら藤川義右衛門が足を動かすことなく、菅笠を振って二本ともを弾《はじ》き飛ばした。

「鉄芯を仕込んでいるな」

ただの菅笠ではないと声が見抜いた。

「今ごろ気付いたか。吾の歩き方でわかろうが」

藤川義右衛門が嘆息した。

「これでは郷忍は使いものにならぬな」

「なんだとっ」

声が興奮した。

「ふっ」

手にしていた菅笠の内側に仕込んである棒手裏剣を、藤川義右衛門が投げた。

「……うっ」

「咄嗟に避けたか。それくらいはできると見える」

小さなうめき声に致命傷ではないと見抜いた藤川義右衛門が、少しだけ郷忍を見直した。

「…………」

傷のせいか、わずかな葉ずれ音がした。

「逃げるか。いい判断だ」

藤川義右衛門がまた褒めた。

「忍は何があっても生き延びなければならぬ。忍にとって名誉の死などないのだからの」

独りごちながら、藤川義右衛門が郷忍の後を追った。

「……心構えだけ、一人前か」

逃げることに必死とはいえ、ところどころに血の跡が残っている。さらに木の枝が通過したときの影響で曲がっていた。

「案内するようなものだ」

藤川義右衛門が嘆息した。

「…………」

一刻《いっとき》（約二時間）ほどで藤川義右衛門は郷の結界を通過した。

「久しぶりだ」

藤川義右衛門が足を止めた。

「久闊《きゅうかつ》を叙《じょ》する気はない」

五間ほど離れたところに、若い郷忍が湧いた。

「新しい郷の長《おさ》か」

「ああ」

確かめた藤川義右衛門に、若い郷忍が首肯した。

「若いな。だが、覇気《はき》がない。なぜ、伊賀者をふさわしいだけの地位に就けようと思わぬ」

藤川義右衛門が問うた。

「分相応ということを知っているからな」

「負け犬の言いぶんだな。分相応、本当にそう思っているのか。忍が耐えてきた歴史を知らぬとは言わせん」

郷長の返事に、藤川義右衛門が憤った。

「歴史……笑わせる」

「なにがじゃ」

郷長の対応に藤川義右衛門が怪訝な顔をした。

「そなたは忍が天下でもっともえらいとでも思っておるのか」

今度は不思議そうな顔を郷長が見せた。

「なんだと」

藤川義右衛門が戸惑った。

「そなたに政ができるのか」

「…………」

「天下の大名たちを統率できるのか」

「…………」

「朝廷を抑えつけられるのか」

「…………」

三度の問いに藤川義右衛門は沈黙した。

「答えられまいが」

「忍は闇に生きる者。闇の天下は取れる」

郷長に言われて、藤川義右衛門が言葉を発した。

「闇だと」

鼻で郷長が笑った。

「闇にすむ者が、歴史の表に立てると」

「表の身分を作ればよい。浪人でも、商人でも、僧侶でもいい」

藤川義右衛門が手はあると言った。

「裏で稼ぎ、表で生きる。これこそ忍の生き方であろう」

「はあ」

露骨に郷長がため息を吐いて見せた。

「それで成功したと言うつもりではなかろうな」

「生涯遣いきれぬ金が手に入るのだ。豪壮な屋敷に住み、美味を喰らい、美女を抱く。この世にあるすべての贅沢を満喫できる。成功以外のなにものでもなかろう」

堂々と藤川義右衛門が胸を張った。

「無頼となにが違う。御法度を犯しているだけじゃ」

「法度なんぞ、表のもの。闇には関係ない」

藤川義右衛門が嘯《うそぶ》いた。

「なら、なぜおまえたちは江戸を追われた。何千両も稼ぎ、表の身分として僧侶や商人に扮していたんだろう。江戸の闇を支配したのではないか」

「ちっ、御広敷か」

郷長の反論に、藤川義右衛門が舌打ちをした。

御広敷伊賀者は今でも郷で修行を積む。

伊賀の山奥にあって江戸のことを知っているのは、その交流から得たものである。

「しくじったわけではない。あれは吉宗に闇の恐ろしさを教えこもうとしただけのことよ」

藤川義右衛門が首を横に振った。

「見苦しいぞ、藤川」

郷長が藤川義右衛門を指弾《しだん》した。

「公方さまのご猶孫さまに手出しをしたのは、そなたの私怨であろう。それも公方さまへのものではなく、水城さまへの恨み」

「ちっ」

藤川義右衛門がふたたび舌打ちをした。

「そなたが愚かなまねをしでかしたために、郷忍も御広敷伊賀者を抜けた馬鹿どもも死んだ。そうではないか」

「……言わせておけば」

痛いところを突かれた藤川義右衛門が顔を紅《あか》くした。

「聞いているのだろう、郷の忍どもよ。こんな山奥で銘酒の味も、吉原の太夫の抱き心地も知らずに生涯を終えていいのか。吾に付いてこい。月に十両の金を渡すことを約束する」

藤川義右衛門があたりに潜んでいる郷忍を勧誘した。

「もちろん、十両は最初のうちだけじゃ。数月で月に五十両は出せるようになる。できる者には百両出してもいい。どうだ」

条件をさらによくして藤川義右衛門が声をあげた。

「…………」

「心配するな。郷への仕送りも認める」

郷との縁は切らなくていいと藤川義右衛門が付けくわえた。

「…………」

「どうした。郷長が邪魔か。なら……」

藤川義右衛門が郷長に飛びかかろうとした。

「……うっ、うおっ」

一歩踏み出した藤川義右衛門を目がけて、手裏剣が数え切れないほど飛んできた。

「くそっ」

そのすべてを避けるために、藤川義右衛門は大きく後ろへ跳ぶしかなかった。

「なぜ」

藤川義右衛門が首をかしげた。

「墓穴《ぼけつ》を掘ったことに気付いておらぬとはの」

小さく郷長が首を左右に振った。

「……墓穴を掘っただと」

「気付いていないのか」

郷長がなんとも言い難い表情を浮かべた。

「だから、なんのことだ」

「おまえは江戸で水城さまへの恨みを皆の生活よりも優先した。結果、郷忍は全滅した。まあ、尻馬に乗った馬鹿どももなんぞそのていどなのだろうが……皆、次があれば同じことをおまえはすると確信したのよ」

「そんなことはない。今度こそ……」

「それでよく闇を支配するなどと言えたの。どこに忍、それも抜けたような愚か者の言を信じる者がいるというのだ」

否定しようとした藤川義右衛門を、郷長が嘲った。

「…………」

藤川義右衛門は反論できなかった。

「珍味を喰わずとも、天女を抱かずとも、人は生きていける。餌に釣られて命を失うのは、獣のすること。米が喰えれば上等、女が欲しければ水口《みなくち》か桑名《くわな》まで出かけて宿場女郎《しゆくばじよろう》を買えばいい。死んでしまえば、それさえ味わえぬ」

郷長がすっと手を上げた。

「ちいっ」

その意味することを藤川義右衛門は、鞘蔵から聞いている。

「かならず殺す」

郷が恨みを藤川義右衛門は甘く見ていた。

「放て」

郷長が手を振り下ろすなり、矢がいくつも襲い来た。

「まずい」

咄嗟に菅笠で防ごうとしたが、弓は弦《つる》の反発を利用して撃ち出すだけに、人の手で投げる棒手裏剣とは貫通力が違う。

鉄芯や鉄板を仕込んであっても、距離が近いとあっさり射貫《いぬ》く。

「えいっ」

思い切りよく藤川義右衛門は菅笠を捨てて、背を向けた。

「逃がすな」

郷長が指示を出しながら、己も出た。

「おう」

郷の仲間を誘い出して無駄死にさせたうえ、さらに己たちも欺して連れ出そうとした。郷忍たちも思わず気合い声を漏らしてしまうほど、怒っていた。

「……喰らえっ」

藤川義右衛門が走りながら懐から出した煙玉に、矢立《やたて》に見せかけた火縄入れの火を移し、投げた。

狼の糞、細かい砂、火薬、唐辛子の粉などを使って造りあげた煙玉は、忍といえども突破するのは難しい。

「止まれっ」

郷長が手を上げて制止をかけた。

細かい砂が目に入れば、失明することもある。唐辛子の粉を吸い込めば、激しく咳き込んでしまい、戦うことができなくなる。

「風上へ迂回《うかい》せよ」

「はっ」

郷長の指図で、遠回りをした。

「どこだ」

「いたぞ」

煙玉の効果範囲から出た郷忍たちが、藤川義右衛門の姿を見つけた。

「下手に隠れぬだけできるな」

郷忍が小さくなる藤川義右衛門の背中を追いながら、感心した。

忍の隠形《おんぎょう》はすさまじい。それこそまむしが顔の上でとぐろを巻こうが、熊がすぐ横を通ろうが、微動だにしない。

なまじ隠形を得意とすると、森のなかに潜んで、追っ手をやり過ごそうと考えがちであるが、ここは郷の縄張りである。それは悪手《あくしゅ》でしかなかった。

「犬を」

郷では狼や、熊に対する警報として犬を飼っている。犬の鼻はどれだけごまかそうが、人の臭いを逃がしはしない。

聡四郎の家に飼われている黒《くろ》も郷で育った。

結界のなかで隠形をしても、犬の鼻はごまかせないのだ。

そして、隠形をしているところに矢と手裏剣を撃ちこまれれば、いかに藤川義右衛門といえども逃れようはなかった。

「長、あやつ、妙な方向へ逃げている」

郷忍が気付いた。

「どういうことだ。あやつの今の根城《ねじろ》は名古屋だろう。最初に勧誘に来た鞘蔵という者がそう言っていたと聞いた。鈴鹿当番の霜次郎《しもじろう》も東から峠を登ってきたと申していたぞ」

「西へ……」

「塒《ねぐら》を知られぬように逆へ誘導するつもりか。意味のないことを」

郷忍の驚きに郷長が首をかしげた。

忍はなにがあっても逃げなければならないが、敵を引き連れて本拠へ戻るのは最悪の事態を引き起こす。それを防ぐためにわざと遠回りをすることはある。

しかし、すでに藤川義右衛門一味の本拠地は名古屋だと知れている。いうまでもなく名古屋を支配しているのは、六十万石をこえる大大名でもある御三家筆頭尾張徳川家である。領地だけでなく、城下も広い。名古屋にいるとわかっていても、そう簡単に見つけ出すことはむりであるが、そこは蛇《じゃ》の道は蛇《へび》。少し手間をかければ、見つけ出せる。

「違う、長」

並んで駆けていた郷忍の声が緊迫した。

「どうした」

「あやつ、近江《おうみ》へ向かっている」

「近江だと」

郷長が驚愕した。

「伊賀から東海道へ出て西なら近江だが……まさかっ」

「甲賀……」

郷長と合わせたように郷忍が口に出した。

「弓は目立ちすぎる」

海道《かいどう》には往来の旅人が多い。誰が撃ったかわからない山のなかからなら、海道へ向けて弓も使えるが、さすがに他人目のあるところでは無理であった。

「足に力を入れろ。追いつけ」

「任されよ」

郷長の命に郷忍が加速した。

「盗人、待て」

郷忍が周りに聞こえるよう大きな声を出した。

こうすることで、周囲に追っている方が正しいと思わせることができる。

「通してやれ」

走りやすいように道を空けてくれたり、

「盗人だあ、おとなしくしろい」

逃げる者の邪魔をしてくれたりすることもある。

「面倒な」

藤川義右衛門が苛立った。

「違う。悪いのはあいつらだ」

言い返すのは簡単だが、逃げながらでは正当さに疑問符が付く。

かといって邪魔しに出てきた者たちを殺すわけにはいかない。それこそ、藤川義右衛門の人相書きが街道筋に回される。顔を知られた忍など、牙を失った狼でしかない。

「どけっ」

藤川義右衛門は立ちはだかろうとする連中をかわしながら、足を必死で動かした。

「追い詰められているな」

水口の城下に入るところで、藤川義右衛門の耳に含み笑いが聞こえた。

「入るぞ」

一般人ではない。忍が他の忍の結界に足を踏み入れるときは、挨拶をする。これを怠ると、いつ襲われても文句は言えなくなる。

「かまわぬぞ。おぬしは客だからな」

甲賀者が藤川義右衛門を受け入れた。

「助かる」

そのまま藤川義右衛門が水口の宿場へ入った。

「通るぞ」

続けて郷忍が足を踏み出そうとした。

「ならぬ」

冷たい拒否が、降ってきた。

「なっ」

すでに乱世ではない。普段はそのまま通れる。それが拒まれた。

「郷の仇を追っている。通してくれ」

追いついた郷長が頼んだ。

「珍しい。長どのまで出張られたとは。だが、通せぬ」

「なぜだ」

「客だからな」

甲賀者が郷長の疑問に答えた。

「止めておけ。あやつの話にのるな」

「わかっている。夢を語る忍なんぞ、脳に花が咲いているか、我らを欺そうとしているかだ」

「ではっ」

「だから仕事として受けた。金をもらえば、あれでも大事な客だ。殺させるわけにはいかぬ」

甲賀者が告げた。

「伊賀の恨みの相手をかばう。戦をすることになるぞ」

「客を引き渡しては、甲賀の名は落ちる。二度と甲賀へ仕事を頼もうとする客は出てこなくなる。それを伊賀はわかっているのか」

甲賀の生計《たつき》を奪う。それも永遠にだ。

「……わかった」

「長……」

あきらめた郷長に郷忍が絶句した。

「帰るぞ」

郷長が背を向けた。

「甲賀の縄張りを出れば、邪魔せぬのだな」

「ああ。警固は請け負っていない」

振り返らずに確認した郷長に甲賀者が応じた。

二

名古屋では鞘蔵が、甲賀者に指示を出し、遊廓《ゆうかく》の主、無頼の親分を襲わせていた。

「なにものだ、てめえ」

若い者四人に囲まれた無頼の親分が、浪人者に変じている磯辺弦太を怒鳴りつけた。

「おとなしく隠居しろ。ならば余生はある」

説得する気のない語調で、磯辺弦太が降伏を勧告した。

「ふざけるな。儂を南無《なむ》の重蔵《じゅうぞう》と知ってのうえ……」

「名前なんぞ、どうでもいい。生き残りたいか、ここで死ぬかを選択させてやっている」

磯辺弦太がわめこうとした南無の重蔵を遮った。

「やかましいわ」

南無の重蔵の前にいた若い者がいきなり懐から匕首《あいくち》を抜いて、磯辺弦太へ突っこんだ。

「…………」

なにもせず、磯辺弦太が若い者を懐に受け入れたように見えた。

「ふざけたことを抜かすからだ」

南無の重蔵が勝ち誇った。

「よくやった、吉六《きちろく》」

若い者を南無の重蔵が褒めた。

「……吉六」

いつまで経っても動こうとしない配下に、南無の重蔵が怪訝な顔をした。

「短い矛だな」

土手っ腹を貫かれて死んだはずの磯辺弦太が、嘲笑を浮かべた。

「てめえ、生きていたのか……吉六、おい吉六」

磯辺弦太を睨みつけた南無の重蔵が配下の名前を連呼した。

「ほれ」

軽く磯辺弦太が吉六を突いた。

「…………」

二歩ほどさがったように見えた吉六が崩れた。

「えっ」

「どうした」

配下の一人が間抜けな声を出し、事態の把握ができていない南無の重蔵が首をかしげた。

「あっ、抜いてやがる」

別の配下が磯辺弦太の右手に脇差が握られているのに気付いた。

「……馬鹿な。腹に匕首が刺さったはず」

南無の重蔵が唖然とした。

「あいにくだったな。匕首じゃ刃渡りが短すぎる。ここで受け止めてやれば、そのままずぶりとなる」

磯辺弦太が脇差の鍔《つば》を示した。

「ありえねえ。防ぎながら突くなんぞ……」

「目《ま》の当たりにしたことを肯定できぬとは、頭も使いものにならんようだな。ならば、今さら説得の意味はなし」

小さく何度も首を横に振る南無の重蔵に、磯辺弦太が冷たく言った。

「おい、やってしまえ」

阿呆と断じられた南無の重蔵が怒りのまま、残った配下に命じた。

「へいっ」

「こいつなんぞ、三人でかかれば」

「任しておくんなさい」

残った三人が、匕首を手にした。

「哀れなり」

磯辺弦太がため息を吐いた。

「くたばれえ」

「わああ」

肚の据わっていない配下たちが、親分の前で活躍を見せるのは今だとかかってきた。

「……………」

必死の形相《ぎょうそう》をした二人の配下たちへ磯辺弦太が棒手裏剣を撃った。

「あがっ」

「……………」

額に喰らった配下が末期のうめきを漏らし、喉を貫かれた男は声もなく倒れた。

「ひくっ」

最後の配下が身を震わせた。

「なにをしている七《しち》、さっさとやらねえか」

南無の重蔵が七と呼んだ配下の尻を蹴飛ばした。

「い、いやだあああ」

仲間三人があっという間に殺されたのだ。もともと義理も忠誠も、世渡りの道具だとしか思っていない無頼である。命を賭して親分を守ろうなんぞ思うはずもなかった。

匕首を投げ捨てると、七は踵《かかと》で頭を蹴りあげんばかりの勢いで背を向け、逃げていった。

「あっ、てめえ。逃げたらただじゃすまねえぞ」

南無の重蔵が罵《ののし》った。

「ただじゃすまねえとは、どうするんだ」

「ひっ」

いつの間にか手の届くところまで近づいた磯辺弦太に、南無の重蔵が腰を抜かした。

「た、助けてくれ。なにが欲しい。金か、女か。そ、そうだ。儂の用心棒にならないか。先生ぐらいの腕なら、月に五両出してもいい。もちろん、うちの岡場所ならどの女でも好きにしてくれて……」

「少し遅かったな」

残念そうに言いながら、磯辺弦太が南無の重蔵の首を蹴飛ばしてへし折った。

「…………」

命乞いもむなしく、南無の重蔵が逝った。

「化けて出るなら、逃げ出した若いののところにしてやれ。ただじゃすまないと言ったんだからな」

磯辺弦太が南無の重蔵の懐を探りながら話しかけた。

「おおっ。結構あるな。これは余得としていただいておこう」

財布の重さに磯辺弦太が喜んだ。

磯辺弦太だけではなく、川杉左門、志津山太郎兵衛など、他の甲賀者たちも同じように名古屋の城下南側に縄張りを持つ親分たちを始末していた。

「あと三つか」

親分を殺したからといって、縄張りが手に入るものではなかった。ほとんどの場合は、新しい親分を巡って内部で子分たちが争うか、近隣の親分が弱った隙を狙って手を伸ばしてくるかであり、鞘蔵はようやく一つを支配したばかりであった。

鞘蔵が焦っているのは、藤川義右衛門が帰ってくるまでに縄張りを二つは手に入れておけと言いのこしたからであった。

「一つでは話になるまい」

鞘蔵がため息を吐いた。

「お頭は気が逸《はや》っている」

藤川義右衛門が焦っていると、付き合いの長い鞘蔵は気付いていた。でなければ、鞘蔵が失敗した伊賀の郷の再説得になど出向くはずはなかった。一度失敗したことを成功に導くには数倍の努力と手間暇がかかる。今までの藤川義右衛門なら、伊賀の郷のことなど放置して、まず名古屋の侵蝕から始めたはずであった。

「無理もないが……」

鞘蔵が呟いた。

江戸の縄張りのほとんどを藤川義右衛門一味は手にしていた。さすがに江戸最大の遊廓吉原は支配できなかったが、それでも配下の数は百人をこえ、毎月入ってくる金も千両を凌駕《りょうが》していた。

まさに藤川義右衛門の語った夢が成就《じょうじゅ》した。

あのままいけば、幕府と戦うとまではいわずとも、生涯贅沢を続けるだけでなく、その地位をいずれ生まれてくるだろう子供たちに譲れた。

喰うや喰わずほど酷くはないが、それでも幕臣最下級あるいは、郷士《ごうし》とは名ばかりの杣人《そまびと》、百姓でしかなかった郷忍が、大名並みの生活を継承できる。

欲しければ金を出して、幕臣の株を買えば数百俵の御家人身分にも手が届く。

わずか一年たらずでそこまでいけてしまったことが、藤川義右衛門を狂わせた。

「水城と吉宗を……歯がみさせてくれる」

金は力でもある。金さえあれば、いくらでも人は雇える。

藤川義右衛門は、抑えていた恨みを解放してしまった。

聡四郎の娘で、吉宗が目の中に入れても痛くないほどかわいがっている紬を略《りゃく》取《しゅ》、二人を苦しめようとした。

「見逃してやったものを」

それが吉宗の激怒を招いた。

「探し出せ。紬を無事取り戻すのだ」

吉宗は幕府すべての力を使って、紬の奪還を試みた。また、道中奉行副役として江戸を離れていた聡四郎も、呼び戻された。

「幕府を侮っていたとしか思えぬ」

鞘蔵が首を横に振った。

「あと二年待てば、町方への影響力も持てた」

町方役人は禄だけではやっていけない。町奉行所の与力、同心はもとより御用聞きに至るまで、金で飼える。そうすれば、町方の考えや探索は筒抜け、いくらでも逃げられた。

そうなれば吉宗は、町方の立て直しから始めなければならず、とても藤川義右衛門一味に関わっている暇などなくなる。

「待つべきだった。我慢しきれなかったから、江戸は崩壊した。結果は、水城も娘も無事、裏切り者の女忍と剣術遣いが傷を負っただけ。はっきりいって無意味であった」

鞘蔵も思うところはあった。

「かといって、今さら藤川どのと離れるわけにもいかぬ」

将軍の猶孫を拐かしただけでなく、江戸で火薬を爆発させたのだ。まちがいなく鞘蔵はお尋ね者になっている。

少なくとも幕府の直轄地である江戸、大坂、京、長崎などでは生活していけなかった。忍はいかに優れていようとも、任がなければ金を手に入れられない。幕府の目をごまかすとして山奥へ潜めば、自給自足することになる。他所者《よそもの》を嫌う田舎の村などでは、他人目の多い江戸よりも目立つ。

「名古屋に目を付けたのは、さすがとしか言えぬが」

尾張名古屋は徳川家にもっとも近い親戚であるが、藩のなかで内紛を起こし、八代将軍選出に出遅れた。

「御三家筆頭が、紀州の後塵《こうじん》を拝するなど……ましてや吉宗なぞ、どこの生まれかもわからぬ湯殿番の腹から出た卑《いや》しき者。それが尾張さまこそ将軍にふさわしい、何卒、大樹《たいじゅ》の座にと譲るならまだしも、余を諫めるなど」

尾張徳川家六代当主継友は、吉宗から、

「いくら家督が手に入るとはいえ、先代が亡くなったことを知って宴を催すなど、いかに当主に遠かった者とはいえ、不謹慎である」

と注意を受けている。

「尾張徳川家と将軍家の仲が悪いのは、誰もが知っている。まちがいなく、尾張家は幕府から我らの探索を命じられようとも知らぬ顔をする」

鞘蔵は藤川義右衛門の見る目の確かさに感心していた。

「五年、辛抱してくれればいいが……」

聡四郎への恨みは鞘蔵にもある。だからこそ、江戸での策を藤川義右衛門が言い出したとき、反対しなかった。いいや、乗り気であった。

しかし、策は大きな損害を出して失敗した。

「もう逃げるのは、ごめんだ」

江戸での生活は鞘蔵に大きな衝撃であった。

藤川義右衛門の右腕であった鞘蔵は、大きな縄張りを預けられた。そして、その縄張りのなかでは好き放題できた。

一夜の飲み食いに十両という、長屋住まいの民なら家族で一年暮らせる大金を費やしたこともある。

吉原の太夫には及ばないが、縄張りの岡場所で看板と呼ばれる最高の妓《おんな》をおもちゃにしたこともあった。

人は一度覚えた贅沢を忘れられない。

「美味い」

麦飯と具のない味噌汁、醬油で煮染《にし》めた菜しかない食事を馳走だと思っていた者が白米に煮魚、豆腐と根深《ねぶか》の味噌汁、砂糖を加えた味付けの菜を味わえば、驚愕する。

一度ならば、思い出にとできるが、数日続けると、もう前の料理には戻れなくなる。

耐え忍ぶのが習い性の忍でもこればかりは難しい。というより、ずっと我慢してきただけに、一度堰《せき》を切ってしまえば、それまでであった。

「どうするべきか」

鞘蔵は悩んだ。

「水城への恨み、将軍家への反抗心をなくしてくだされば、一番よいのだが……」

小さく鞘蔵が息を吐いた。

「無理だろうなあ。そのために生きてきたようなものだし。もう付き合いきれん」

天を仰ぐようにして鞘蔵が独りごちた。

「五年待てぬならば、袂《たもと》を分かつしかないな」

鞘蔵が覚悟を決めた。


入江無手斎は箱根を出て、三島《みしま》へと下りた。

「江戸者であろうに」

同行している鍼医師の木村暇庵が首をかしげた。

「西にしか行けぬはず」

誰がとも言わずに入江無手斎が答えた。

「そうか。おぬしに傷を負わせた奴なら、江戸にはおるまい。西に行くのが正解じゃの」

木村暇庵が納得した。

「悪いな。さすがに右腕の傷は古いうえに、深い。愚昧《ぐまい》の腕では治せなんだ」

三嶋《みしま》大社の参道で木村暇庵が詫びた。

「これはいいのだ。宿敵《しゆくてき》が遺したもの。これが消えては、あやつの生涯が無になる」

愛おしそうに入江無手斎が右腕を撫《な》でた。

「おぬしにそれだけの傷を残すとは、すさまじいの」

身体を触れれば、どの武術をどのていど修行したかはわかる。木村暇庵は入江無手斎の腕を読み取ったうえで、浅山鬼伝斎《あさやまきでんさい》の影をしっかりと見ていた。

「まさに剣の鬼であった」

入江無手斎が思いだした。

「その鬼におぬしは勝ったのだろう。鬼の上となれば、閻魔《えんま》か」

「普通は神と言わぬか。剣神と讃えるものだろう」

木村暇庵の言葉に、入江無手斎が不満を口にした。

「人を殺す術ではの。人を助ける技というなれば神とも崇《あが》めるが……まあ、閻魔も神ではないが仏の一人だという。それで辛抱せい」

平然と木村暇庵が述べた。

「はああ」

入江無手斎が大きくため息を吐いた。

「贅沢なまねをするな。どうせ、おぬしはそやつを討ち果たすのだろう。人殺しが神など厚かましいにもほどがある」

「神の方がよほど人を殺しているだろう。落雷に地揺れ、川の氾濫《はんらん》など。飢饉《ききん》も同じよな。神は数万、儂なんぞまだ百に届かぬ。それでいて神は崇《あが》められ、儂は嫌われる」

「……………」

言われた木村暇庵が黙った。

「儂とて、好きで人を斬っているのではない。若いころならまだしも、今では斬らねばならぬ相手だからこそ、ためらわぬ」

「若いころはやっていたのか」

木村暇庵があきれた。

「若気《わかげ》の至りと言いたいところだが、実際は剣を極めるには人を斬るにしかずと思いこんでいたからな」

「なんじゃ、その阿呆な考えは」

入江無手斎の答えに、木村暇庵が頭痛がするとばかりにこめかみをもんだ。

「わからぬ振りをするな。剣術でも医術でも、他のなんでも一つにのめりこんでしまうと、他のことに気が回らぬようになるのが人」

「……たしかに」

思い当たることがあったのか、木村暇庵が苦笑した。

「のう、お節介《せっかい》医者どのよ」

「ずいぶんな呼び方だの。ただで治療してやったのだぞ。少しは敬え」

「藪と言わなくなっただけましだと思え」

呼び方に苦情を述べた木村暇庵に、入江無手斎が悪口《あっこう》を返した。

「まあいいわ。なんじゃ」

木村暇庵が半眼で入江無手斎を見た。

「人はなんのために生まれて、死んでいく」

「また、随分と難しいことを。坊主の公案《こうあん》じゃな。これが解ければ、京の名刹《めいさつ》で住持が務まりそうだ」

入江無手斎の問いに、木村暇庵が難しい顔をした。

「儂は、代を継いでいくためだと思う」

「ふむ、で」

木村暇庵が顎に手を当てて、入江無手斎の考えの先を促した。

「人が伝えることで、技も経験も後世に残る。たとえば稲作だ。稲は田に水を張って、苗の状態で植えれば秋にはよくできる。これもその一つだ。もし、なにも伝わらねば、永遠に人は同じことを繰り返すことになる」

「先に進めぬと」

「医術もそうであろう」

「反論できんな」

木村暇庵が入江無手斎の言葉を肯定した。

「師匠から手ほどきを受けていなければ、何一つ病を治すことなどできなかったろうな」

「その師匠も同じだろう」

「うむ」

たしかめるように言った入江無手斎に木村暇庵が首肯した。

「お節介どのも、その持つ技を弟子に伝えたであろう」

「教えたというより、叩きこんだわ。でなくば、愚昧はいまだ江戸で忙しい毎日を送っていたろうよ」

木村暇庵が認めた。

「儂もそうよ。弟子の一人に吾が持つすべてを渡した。もっとも儂は幸福であった。なにせ、弟子のほうが優れていたのだ。代わって弟子はかわいそうな奴よ。生まれがもう少しよければ、天下に名だたる道場で頭角を現し、達人として名を残せたであろうに」

入江無手斎が大宮玄馬を思った。

「本人は己をかわいそうだと思っておるのか」

「いや、よき主に巡り会えたと、吾が道場に通えたことが幸運であったと申していた」

訊いた木村暇庵に入江無手斎が首を左右に振った。

「なら、そうだったのだろうよ。天下に名を知られると、面倒ごとも増えるぞ。その者に挑んで、吾が名をあげようとする短絡者に、絡まれるからなあ」

木村暇庵が頬をゆがめた。

「なるほど。それは邪魔くさいことだ」

入江無手斎が笑った。

「さて、話を戻すが……人は継承することで発展してきた。いや、それが人なのだろう。継承する言葉を持たぬからこそ、獣は人になれぬ」

「しゃべる獣か……人の襲い方を代々学んだ熊や狼なんぞ、想像するだけで怖ろしい」

想像したのか、木村暇庵が小さく震えた。

「そして継承を受ける側は、概《おおむ》ね子供だ」

「若いころから修行をすれば、よい術者になるな」

木村暇庵が同意した。

「その子供を、吾が敵は狙った。まだ、生まれて一年にもならぬ女の子を誘拐したのよ」

「許せぬの」

苦い顔をした入江無手斎に、木村暇庵が同意した。

「鬼畜よな」

木村暇庵が藤川義右衛門を罵《ののし》った。

「そして失敗するなり、江戸に火をかけて逃げ出した」

火薬で家を吹き飛ばしたと言うよりわかりやすい。入江無手斎が少し話を変えた。

「そんな男を放置できるか」

「できぬ」

間髪を容れず、木村暇庵が応じた。

三

月光院が大奥を放逐された。

同じ江戸城内にいるとはいえ、大奥ではない吹上御殿へ軟禁された。将軍生母にふさわしいだけの金を年間の費えとして渡されてはいるが、外出の禁止はもちろん、吉宗が許した商人だけしか出入りしてくれないとくれば、遣いようもない。

遣えぬ金はないのに等しい。

「哀れな者じゃの。もう月光院には花見も月見もない。誰かを招こうにも応じる者はなく、誰も招いてくれぬ。着飾っても羨望《せんぼう》も憧憬《しょうけい》も向けられぬとなれば、裸でいるのと同じ」

「所詮、少し見目《みめ》がよかっただけの女ということよ」

大奥の最深部で京から招かれた上臈たちが月光院を嘲っていた。

「そういえば、そろそろ月見のころあいであるの」

筆頭上臈の上総佐《かずさのすけ》が口にした。

「まだ三月《みつき》もおじゃりましょう」

次席上臈が気が早いと応じた。

「なにを言うか。よいと思う衣装を仕立てるのじゃぞ。反物は京から取り寄せずにどうするのじゃ」

上総佐が次席上臈をたしなめた。

「京から……仰せの通りでおじゃりますなあ。やはり東《あずま》ものは品がない」

次席上臈が上総佐に合わせた。

贅沢なことを言っているが、公家の娘の生涯は暗い。さすがに五摂家ともなると、嫁ぎ先には困らないし、相手も上は天皇、下は名家や大臣家、あるいは大大名と、かなりのところになる。

しかし、それ以下となると、他人の噂になるほどの美形か、芸事にすぐれていないとなかなか良縁にはありつけない。多くは同格か少し格下で、新しい打ち掛けを作ることもできない生涯を送る。

これでもましなのだ。酷ければ、月のものが来る前に寺へ入れられる。

そんな運命をたどらなくてすんだのは、幕府が朝廷へ大奥の行儀を整えるための女官を寄こすようにと言ってくれたからである。

そのお陰で、一人生活するには十二分どころか、実家では味わえなかった贅沢をして優雅な日々を送れている。

いわば幕府のお陰なのだが、そんなことに感謝はしない。なぜならば、京の公家から見れば、江戸は僻地《へきち》であり、文化に見るものはなく、武家は己らに頭を低くして教えを請《こ》わねば、何一つ礼法を遣えない蛮族《ばんぞく》でしかないからであった。

「教えを請うたのは、そちらじゃ」

綱吉によって崩壊した大奥の秩序をもとに戻すべく手を入れようとした六代将軍家宣は、上臈にそう言われて折れた。

続けて七代将軍家継は幼すぎて、月光院のもとで起居した。幼く形だけの将軍とはいえ、家継が大奥に住まいしたことが、上臈らをつけあがらせた。

「月光院さま、大奥の庭に月見の亭が欲しゅうございまする」

「そうじゃの。妾《わらわ》から公方さまにお願いをいたしておこう」

「よきにはからえ」

大奥女中の希望は月光院を通じて、家継に届き、即座に諾《だく》となる。

「公方さま、少し……」

老中が余りの放埒《ほうらつ》振りに苦言を呈すれば、

「あの者は公方さまのお許しになられたことを潰そうとしておりまする。それをさせれば、老中が公方さまの言を覆したことになりかねませぬ」

「認められぬ」

秩序が守られないと言った大奥女中の言葉を月光院は受け入れ、家継に囁《ささや》く。

「不快である」

そう言えと教えられた家継が老中を叱る。

こうなれば、誰も家継に諫言《かんげん》する者はいなくなる。

大奥の増長はますます酷くなった。

そこへ、八代将軍として吉宗が登場。

「ふざけたまねを」

大奥の実態を調べた吉宗が激怒、改革の重点対象とした。

当初、大奥は一丸となって吉宗に対抗した。なにせ、改革を受け入れると、衣装や小間物の贅沢ができなくなるからであった。

大奥の強みは、将軍の閨《ねや》と、生まれた世継ぎの傅育《ふいく》を握るからである。早くに正室をなくし、長男は西ノ丸大奥へ入れた吉宗に、この武器は使えなかった。

結果、月光院と並んで大奥の頂点に君臨していた六代将軍家宣の正室天英院が、吉宗に屈した。

対して最後まで敵対を選んだ月光院は、吉宗によって敬して遠ざけるといった形を取った放逐を喰らった。

普通ならば気づく。将軍生母でさえ、逆らえば痛い目に遭うと。

「我らは大奥の師、すなわち幕府を教え導く者」

天英院と月光院の争いで、目立たなかった公家出身の上臈が、吾が世の春は永遠なりとしゃしゃり出てきた。

「春だというなら、夏と秋を飛ばし、冬にしてやるわ」

吉宗が聡四郎に大奥へ最後の止《とど》めを命じた。

「……どうだ」

聡四郎は勘定方へと顔を出した。

「惣目付さま」

目ざとく聡四郎に気づいた勘定方が小腰を屈めて近づいてきた。

「そなたは」

「惣目付さまへのご説明を承る勘定方燕《つばめ》五三郎《いさぶろう》でございまする」

誰何《すいか》した聡四郎に勘定方が名乗った。

「燕。うむ、覚えた」

聡四郎がうなずいた。

「今後、惣目付さまの御用はわたくしが承りまする」

「そうか」

応じながら聡四郎は燕五三郎を見た。

「そなた勘定方にはどれくらいおる」

「五代さまのおりに御役に就きまして、かれこれ十五年になるかと」

問うた聡四郎に燕五三郎が答えた。

「十五年か。熟達じゃの」

「いえいえ、わたくしなぞまだまだでございまする。先達《せんだつ》のなかには三十年を超えて勘定方をお務めの方もおられまする」

感心した聡四郎に燕五三郎が首を横に振った。

「さようか。で、どうであるか」

「はい。大奥筆頭上臈上総佐さまを始め三人のお方さまから、衣装代を求める書付が参っておりまする」

「……そうか」

聞いた聡四郎が大きくため息を吐いた。

「勘定方としての対応は」

「書式に問題はございませぬ。大奥経費を倹約せよという公方さまの御諚は承っておりますが……」

聡四郎の質問に燕五三郎が言いにくそうにした。

「月光院さまだな」

「さすがでございまする」

読み取った聡四郎に燕五三郎が首肯した。

「月光院さまが吹上御殿へ移られたお陰で、お付きの女中どもの禄や薪炭などの費えが、大奥から外れましして」

燕五三郎が語った。

年五千両というとてつもない経費を幕府から与えられた月光院だが、そのなかにはお付きの女中の禄、薪炭、食費などが含まれている。

ようは月光院に付いていた女中が、大奥からいなくなったのだ。今まで大奥の経費として計上されていた金が不要になった。

　これは大奥の経費削減の努力の結果でも、勘定方の締め付けによるものでもないが、実際掛かりが減ったのには違いない。

　どう考えても吉宗の意図ではないが、大奥の倹約はなっている。そのため、上臈上総佐たちの要望を拒否するだけの大義名分がなかった。

「己で着るものくらい、自前で用意いたせ。裸であっても躬は苦しゅうない」

　吉宗なら平気で要望を蹴飛ばしかねない。

「ほう、礼儀礼法を大奥で教えるために京から招いた我らに猿のように裸でおれと。いやはや、さぞや大奥の女中どもは困惑するであろうな」

　上臈たちには幕府の招聘《しょうへい》という大義名分がある。

「なら、京へ帰れ」

　追い返してしまえばいいというわけにはいかなかった。

　吉宗は京から一人の女も招いていないが、上総佐たちは家宣や家継の名前で召し出されたのだ。それを追い返すことは、吉宗が家宣、家継の依頼を破棄したと取られる。直系相続を形式上続けている幕府である。吉宗ははるかに歳下の家継の養子として徳川本家を継ぎ、将軍となった。徳川幕府は初代将軍家康が、儒教を根本としてくみ上げた。そう、幕府は忠孝《ちゅうこう》で天下を縛った。忠義を絶対のものとすれば、謀反はなくなる。孝を心柱にすれば、目上を敬う気質ができる。どちらも幕府を倒そうとする者が出てこないようにと設けられたものであった。

その忠孝を吉宗が破ることはできなかった。

形だけとはいえ養父、養祖父が招いた客人を追い返すなど、孝養《こうよう》に反することであり、それを強行すれば忠孝に固まった世間を敵に回す。

大きな改革に取り組んでいるときに、敵を増やすのは愚策でしかない。

「諸事倹約の折……」

吉宗は上臈たちの要求に対し、倹約を盾にするしかできなかった。

「大奥の費えは減っておると伺っておりまするが」

厚顔無恥《こうがんむち》が厚化粧をしているといえる公家の娘たちである。上臈たちはしっかりと現状を把握している。

「五千両浮いたならば、我らの衣装代数百両などものの数に入りますまい。もちろん、この衣装も我らの贅沢のためではなく、大奥の女中どもに秋の月見には、どのような生地、柄、色合いのものが合うかを実際に見せて学ばせるため。いわば教材でございまするる」

堂々と個人の趣味を公用だと言ってのける。

「…………」

そう開き直られれば、なにも言えなくなる。

実質、上総佐たちの要求を断れる状況ではなかった。

「勘定方として、どういたす」

聡四郎は燕五三郎に対応について尋ねた。

「どうもいたしませぬ」

「……ほう」

燕五三郎の返答に聡四郎が目を少し大きくした。

「ご覧いただければおわかりのように、勘定方は多忙でございまする。城内はおろか、天下の津々浦々から、要望あるいは勘定方書付が集まりまする。これらを我ら勘定方が精査し、対応を指示いたしております。天下の危急でもなければ、順番通りに処理して参りますので、お待ちいただくしかございませぬ」

「なるほど。いつ順番が来るかは、御用次第か」

燕五三郎の言葉に聡四郎が感心した。

これならば、無駄金を遣うと吉宗の怒りを買うこともなく、要求を拒否されなかった大奥の面目も保たれる。

「一年先か、二年先か。ご要望が形になるのは」

「…………」

口の端を吊りあげながら述べた燕五三郎に、聡四郎は無言であきれた。

吉宗はまさに八面六臂《はちめんろっぴ》の様相で改革に取り組んでいた。

「……大坂城の蔵も空か」

大坂城代に命じて出させた備蓄報告を見て、吉宗はため息を吐いた。

「公方さま、いかがなされました」

政務の邪魔をしないようにと少し離れていた加納遠江守が吉宗の独り言に反応した。

「これを見るがいい」

吉宗が加納遠江守のもとへ、手にしていた書付を滑らせた。

「拝見仕りまする」

加納遠江守が一礼して書付を手に取った。

「……なんと」

読んだ加納遠江守が驚愕の声をあげた。

「見事に空であろう」

「はい」

「万一のときに備えて、二代将軍秀忠《ひでただ》公が大坂城、駿府《すんぷ》城、甲府《こうふ》城へ積んだ百万両ずつの軍資金が数千両にまで減っておる」

「一体誰が……」

「盗んだか横領したかと思ったか。あいにくそうではない。そうであればどれだけ楽か。金に手を出した者を洗い出し、領地を取りあげれば、いずれは取り戻せる。だが、これは違う。遣ったのは幕府だ」

「御上が……」

加納遠江守が目を剝《む》いた。

幕府は創立当初から、薩摩島津《さつましまづ》、長府毛利《ちようふもうり》、加賀前田、仙台伊達《せんだいだて》を敵視してきた。とくに精強で鳴る薩摩島津と関《せき》ヶ原《がはら》で家康に欺されて領地を大幅に削られた長府毛利を警戒してきた。もちろん、加賀前田、仙台伊達にも備えはあるが、基本として幕府は西国《さいごく》大名が京都へ進駐することを嫌った。

京を押さえる。

それは朝廷を吾が手に握ることであり、徳川家を朝敵《ちょうてき》とすることができる。さすがに譜代大名たちは、徳川が朝敵となっても敵対はしないだろうが、外様《とざま》大名たちは動揺する。

「朝敵に家臣の礼など取ってられるか」

「徳川討つべし」

公然と牙を剝く者も出てくる。

朝廷は日本すべての持ち主、名目だけだが、真の天下人なのだ。その朝廷が徳川家を敵と指定する。大義名分を相手に握られることになる。

いや、徳川に反旗を翻した者たちにとって、朝廷を吾がものにできるかどうかで、その先の戦が変わる。

とはいえ、薩摩島津や長府毛利が京を狙うには、大坂をかならず通らなければならない。

そこで幕府は、大坂城代に西国諸侯への指揮権とともに戦費となる百万両の延べ金、十万俵の兵糧《ひょうろう》を預けた。

堅固《けんご》な大坂城と西国諸侯の加勢、数万の軍勢が一カ月は籠城《ろうじょう》できるだけの兵糧、いきなり襲われても江戸から救援が向かうまで、十分に保つ。

その幕府の命綱ともいえる軍資金が、なくなった。

「これも見ておけ」

膝近くに置いていた書付も吉宗は加納遠江守へと投げ渡した。

「甲府も駿府も蔵の金はなし」

見た加納遠江守が絶句した。

「これも御上が……」

恐る恐る加納遠江守が尋ねた。

「そうじゃ。すべて御上が遣った」

「なにに遣われたのでしょう」

嘆息する吉宗に加納遠江守が問うた。

「そのほとんどが常憲院《じょうけんいん》さまの御世に消費されている」

「五代さまのとき……」

常憲院は五代将軍綱吉の諡号《しごう》であった。

「……生類憐《しょうるいあわ》れみの令」

「うむ」

気づいた加納遠江守に、吉宗がうなずいた。

嫡男徳松《とくまつ》と長女鶴姫《つるひめ》を亡くした綱吉は、実母桂昌院《けいしょういん》の帰依《きえ》する僧侶隆光《りゅうこう》から因果の話を聞かされた。

「公方さまは、前世で多くの生きものを殺されました。その業《ごう》がご子孫の繁栄を邪魔しておりまする。前世の罪滅ぼしに生きものを大事になされよ。とくに公方さまのお生まれの干支《えと》である犬を保護されれば、お子さまができましょう」

「そうか」

隆光の言いぶんをそのまま聞くほど綱吉は愚かではなかった。

「頼みまする。御坊のことを信心くださりませ」

深く隆光を信じていた桂昌院が、気乗りしない綱吉を揺さぶった。

「わかりましてございまする」

儒教に染まり抜いていた綱吉は、母親の願いを無にできなかった。

「病の馬を捨てることを禁じる。手厚く保護するように」

最初のものは、生類憐れみというより、当たり前のことであった。

それがなかなか子供ができないことで過激になっていった。

「お救い犬小屋でございましたか」

加納遠江守が思い出すように言った。

「元禄《げんろく》八年（一六九五）の六月に四谷《よつや》と大久保《おおくぼ》に犬小屋を建てたが、十一月には新たに追加した中野《なかの》の犬小屋も満杯になっている。記録によると十万匹をこえたとある」

「十万匹……」

すさまじい数に加納遠江守が絶句した。

「もちろん、最初は幕府の金で運営していた。犬一匹に餌を与え、逃げ出さぬように見張る小者を雇うなどの費えが、年間でおよそ十両に及んだともな」

「犬一匹に年間十両、十万匹ならば……百万両」

加納遠江守が計算して目を剝いた。

「とても幕府だけでは賄《まかな》いきれぬ。だからといって将軍が言い出したことだ、金がないから止めるというわけにはいかぬ。やむを得ず、町方から二十坪の敷地ごとに年間三分《ぶ》の金を納めさせている」

「いい迷惑でございますな」

苦い顔をした吉宗に、加納遠江守が同意した。

「だが、そのようなもの、焼け石に水だぞ。一応、雌犬と雄犬は隔離したらしいが、絶対ではない。畜生のことだ。十万匹もいれば、何千匹かは番《つが》う。番えば子犬が生まれる。それを繰り返されては、金は湯水のごとく流れていく」

「それで大坂や甲府、駿府の蔵が」

加納遠江守が納得した。

「将軍の命だ。これはいざというときのためのもので、軽々にお引き出しになられては困りまするとは言えまい」

「誰も諫言申しあげなかったのでしょうか」

吉宗の言に加納遠江守が首をかしげた。

「できるわけないだろう」

首を左右に振りながら、残っていた書付を吉宗が加納遠江守へ出した。

「これを……」

なぜ今ごろと怪訝な顔をしながら、加納遠江守が書付に目を落とした。

「…………」

すぐに加納遠江守が恐怖の表情になった。

「だ、大名四十六家、旗本、御家人合わせて千二百九十七人。これだけの数の者が、常憲院さまからお咎めを受けたと」

「理由はあるぞ。しっかり書いてあるからな」

吉宗がよく見ろと加納遠江守に指示した。

「…………」

ずらりと並んだ大名、旗本、御家人の処罰理由を加納遠江守が読んだ。

「算盤が要るだろう」

紀州家の公子として扱われなかった吉宗は、城下で長く生活していた。そして毎日のように城下を探索し、いろいろなところに顔を出した。そのなかで多かったのが商家であった。吉宗は公子ではないとされ、存分な手許金を与えられていなかった。そのため、なにか欲しいものを買うにも値段の交渉をしなければならなかったのだ。

そのお陰で吉宗は算盤が使えた。

「……十四……二十五」

数え始めた加納遠江守を吉宗が制した。

「勤務怠慢が四百八人、故ありてが三百十五人だ」

「怠慢……罷免の対象になっても改易にはなりませぬぞ。故ありてなど理由が公にできぬときに使われる……」

はっと加納遠江守が息を呑んだ。

「そこに生類憐れみの令に反した者たちを加えれば、ざっと千人」

極端になった綱吉は、蚊を叩いた小姓を流罪、子供の病に効くと燕を吹き矢で殺した旗本を切腹させたりした。

「まあ、その是非を今さら問うてもしかたあるまい」

吉宗が手を振った。

「だが、そうやって潰されたり、封を減じられたりした家がそれだけあったのはまちがいない。ならば、常憲院さまがお亡くなりになり、生類憐れみの令が廃棄、犬小屋も潰されたとなれば、その者たちの禄のぶん、幕府は財政に余裕がなければならぬ。されど、幕府の金蔵は空のままだ」

「たしかに」

「さらに先ほどの犬小屋の話に戻るが、犬一匹の餌代に年十両近い金がかかったというのもおかしい。十両あれば家族四人が一年生きていける大金だぞ。毎日犬に鯛でも喰わせていたのか。そんなはずはないな。鯛も生類だ。犬の餌は古米、五穀などだろう」

「犬の餌代だとして御上から受け取った金を私した者がいると」

加納遠江守が確かめるように訊いた。

「いる。潰された大名、旗本、御家人の禄、そして犬の餌代。これらを吾がものとした連中を許してはならぬ。しっかり罰を与え、横領した金を取り戻す」

「それを水城右衛門大尉に」

「新しい目付どもが決まったならば、水城の下に付け、その指図でこれらを探らせようと思っておる」

吉宗が聡四郎に新たな任を与えると告げた。

「公方さま……」

無理がかかりすぎると加納遠江守が言外に含めた。

「他に誰ができる。大岡越前守には肚がない。そなたや有馬兵庫頭では力を振るえぬ。なにより、水城は躬に隠しごとをせぬ。これだけのことをしてのけ、いまだに正体を見せぬ相手ぞ。藤川義右衛門ごとき小物ではない」

わかっていても聡四郎に頼るしかないと吉宗が言った。

「……将軍といったところで、なにもできぬ。御休息の間から出ることさえ難しい。これで改革などできるのか」

「公方さま」

初めて弱音を口にした吉宗に加納遠江守が目を伏せた。

光文社文庫

文庫書下ろし／長編時代小説

内《ない》　憂《ゆう》　惣《そう》目《め》付《つけ》臨《りん》検《けん》仕《つかまつ》る㈣

著　者　上《うえ》　田《だ》　秀《ひで》　人《と》

2022年8月20日　初版1刷発行

発行者　鈴　木　広　和
印　刷　萩　原　印　刷
製　本　ナショナル製本

発行所　株式会社 光　文　社
〒112-8011　東京都文京区音羽1-16-6
電話（03）5395-8149　編　集　部
8116　書籍販売部
8125　業　務　部

ISBN978-4-334-79395-1　Printed in Japan

組版　萩原印刷